Vera Hewener

# WEIHNACHTSTHEATER

*Kurze Bühnenstücke, Sketche*

Edition Rampenlicht

## Über das Buch

Originelle, humorvolle und leicht umsetzbare kurze Theaterstücke machen aus der Adventsfeier ein unvergessenes Erlebnis. Viele der Sketche hat Vera Hewener für ihre Seniorentheatergruppe *Die HerbstGoldenen* geschrieben und erfolgreich aufgeführt. Alle Stücke können mit wenig Aufwand inszeniert werden und eignen sich sowohl für Amateurtheater als auch für die Profibühne.

Vera Hewener, Jahrgang 1955, lebt als freie Schriftstellerin in Püttlingen. Sie erhielt für ihr Werk mehrere internationale Literaturpreise, u.a. Superpremio Cultura Lombarda 2001vom Centro Europeo di Cultura Rom (I), Grand Prix Européen de Poésie (F) 2005 vom Centre Européen pour la Promotion des Arts et des Lettres CEPAL Thionville (F), Goethe Trophäe (F) 2007, zuletzt Wilhelm Busch Preis (F) 2017.

## Pressesplitter

„Vera Hewener versteht es meisterlich, Fiktion und Realität miteinander zu verknüpfen. Im Stück „Gans oder gar nicht" jongliert sie mit einem einzigen Buchstaben wie einst Loriot und sorgt für herzhafte Komik." DieWoch, 11.10.17.

„Offensichtlich steckt auch ein Schalk in Hewener... einer der Pointen nicht scheut und es auch mal schätzt, den direkten Weg in die Herzen schlagen zu können." SZ, 07.12.17.

„Mit Augenzwinkern inszeniert Vera Hewener den Nikolausalarm, die Wiener Oper oder einen Silvestergeburtstag, kurze Bühnenstücke, die für Heiterkeit sorgen, auch bestens geeignet zum Nachspielen." Die Woch, 08.12.18.

„Besonders die Dialoge der Oberbürgermeisterin mit ihrer Pressesprecherin riefen ständiges Gelächter im Publikum hervor." Heusweiler Wochenpost 26.06.19.

Vera Hewener

# WEIHNACHTSTHEATER

*Kurze Bühnenstücke, Sketche*

Die Deutsche Bibliothek verzeichnet diese Publikation in der Deutschen Nationalbibliografie; detaillierte bibliografische Daten sind im Internet unter www.http://dnb.dnb.de abrufbar.

Umschlagabbildung: Pixabay/Rosy
© Für die Texte: Alle Rechte beim Verfasser. Vera Hewener
Amateurtheater können die Stücke kostenfrei aufführen, soweit sie keinen Eintritt verlangen. Für die Lizenzvergabe für Aufführungen professioneller Theatergruppen wenden Sie sich bitte an: webmaster@vera-hewener.de

Herstellung und Verlag:
BoD – Books on Demand,
Norderstedt


Printed in Germany
1. Ausgabe 2023
ISBN 9783746092607
12,00 EURO

# Inhaltsverzeichnis

# Wachtmeister Meyer

Wachtmeister Meyer sitzt in Sankt Moritz in der Notrufzentrale und spricht mit Schweizer Sprachfärbung. Er erhält wegen vieler Hilfeersuchen Anrufe oder wird deswegen aufgesucht.

# Nikolausalarm

Wachtmeister Meyer sitzt in Sankt Moritz in der Notrufzentrale Am Nikolausabend meldet eine Anruferin einen Einbruch. Die Anruferin spricht Hochdeutsch.

**Rollen:**
Wachtmeister Meyer
Anruferin

**Geteiltes Bühnenbild:**
Rechte Seite: Büro Notrufzentrale, Tisch, 2 Stühle, Telefon, Adventskranz, Nikolauskostüm
Linke Seite: Flur, Tisch, Telefon

**Requisiten:**
Zeitung, Klingel, Nikolauskostüm, Nikolausblinkmütze

**Kostüme:**
Wachtmeister Meyer: Feuerwehrjacke, schwarze Hose, blinkende Nikolausmütze, Schal
Anruferin: Hauskleidung

**Dauer:**
5-6 Minuten

In der Notrufzentrale hat am Nikolaustag Wachtmeister Meyer Dienst. Er sitzt vor dem Telefon und blättert lustlos in der Zeitung. Da er am Abend auf einer Feier den Nikolaus spielen soll, hat er bereits eine Nikolausmütze mit Blinklicht angezogen. Das Kostüm liegt über dem Tisch. Er wünscht sich, dass es ruhig bleibt, doch das Notruftelefon klingelt plötzlich. Er nimmt den Hörer ab.

**Wachtmeister** (*genervt*)
Hallo, hier spricht Wachtmeister Meyer. Was kann ich für sie tun?

*Am anderen Ende meldete sich eine atemlose und aufgeregte Frau.*

**Anruferin**
Ich möchte einen Einbruch melden.

**Wachtmeister Meyer** (*zweifelt*)
„Einen Einbruch, heute?

**Die Anruferin** (*bestätigt*)
Ja, einen Einbruch.

**Wachtmeister Meyer**
(*glaubt an einen Scherz und hatte kein Verständnis dafür*)
Wer soll denn an so einem Tag bei ihnen einbrechen?

**Anruferin** (*empört*)
Das weiß ich doch nicht.

**Wachtmeister Meyer**
(*Der in seiner Ruhe gestörte Wachtmeister beginnt zu spotten*)
Und wen wollen sie dann anzeigen?

**Anruferin** (*ereifert sich*)
Ich will keine Anzeige erstatten, bei mir wird gerade eingebrochen. Hören sie, sie müssen ganz schnell kommen!

**Wachtmeister Meyer** *(Wachtmeister Meyer versucht, sie zu beschwichtigen, da er immer noch an einen Scherz glaubt)*
So eingebrochen. Woher wollen sie das denn wissen? Wir kommen heute nur, wenn auch wirklich ein Einbrecher bei ihnen ist.

**Anruferin** *(Die Anruferin versucht, den Wachtmeister von der Ernsthaftigkeit ihres Anrufes zu überzeugen und beginnt zu erklären)*
Im Wohnzimmer kracht es, jemand hat „Hoho" gerufen und alles ist voller Ruß.

**Wachtmeister Meyer** *(Da anscheinend doch etwas vorgefallen ist, beginnt Wachtmeister Meyer sich jetzt dafür zu interessieren.)*
Voller Ruß? Brennt es vielleicht?

**Anruferin** *(erklärt)*
Nein, es brennt nicht, jemand hat gepoltert und Hoho gerufen!

**Wachtmeister** *(sucht nach einer Erklärung)*
Gepoltert hat es, so, so. Haben sie ein Haustier?

**Anruferin** *(wundert sich)*
Ich habe eine Katze. Was hat denn die Katze mit dem Einbruch zu tun?

**Wachtmeister Meyer**
Na ja, es könnte doch sein, dass ihre Katze herumgesprungen ist, geschnauft hat und etwas hinfiel.

**Anruferin**
Das kann nicht sein, es war ein lautes Holterdipolter.

**Wachtmeister** *(stutzt und macht sich lustig)*
Ach, ein Holterdipolter, kein Traritrara, der Winter, der ist da?

**Anruferin** *(verärgert)*
Nein, ein Holterdipolter, Winter haben wir schon.

**Wachtmeister Meyer** *(Wachtmeister versucht, sie zu beruhigen)*
So, so. Was hat denn gepoltert, hat die Katze etwas umgeworfen?

**Anruferin** *(Anruferin wird immer aufgeregter)*
Aber ich sage doch, dass es ein Einbrecher ist und nicht meine Katze. Die sitzt doch in der Küche.

**Wachtmeister Meyer**
Ja, ja, ist ja schon gut. Jetzt regen sie sich nicht so auf, sonst muss ich den Notarzt rufen. Öffnen sie doch mal die Wohnzimmertür.

**Anruferin** *(ängstlich)*
Was, ich soll die Tür öffnen?

**Wachtmeister Meyer** *(bestimmt)*
Jawohl, die Tür, was denn sonst? Bis wir ankommen, ist der doch schon weg. Oder sollen wir vielleicht durch das Kamin ins Wohnzimmer einsteigen?

**Anruferin** *(befürchtet)*
Aber der Einbrecher ist doch da drin, vielleicht hat er eine Waffe.

**Wachtmeister Meyer**
Woher wollen sie denn wissen, ob er eine Waffe hat? Hat er schon geschossen?

**Anruferin** *(erleichtert)*
Nein, noch nicht.

**Wachtmeister Meyer**
Dann öffnen sie jetzt vorsichtig die Tür und wenn es knallt, laufen sie schnell davon.

**Anruferin** *(mutig)*
Gut, aber auf ihre Verantwortung. Wenn ich verletzt werde, tragen sie die Kosten. Inklusive Schmerzensgeld.

**Wachtmeister Meyer** *(ungeduldig, schließlich wollte er sich auf seine Nikolausrolle vorbereiten)*
Und, was sehen sie?

**Anruferin** *(berichtet)*
Alles voller Ruß und Wind. Ich kann gar nichts sehen. *Sie fängt an zu husten.*

**Wachtmeister Meyer**
Haben sie vielleicht vergessen, den Adventskranz auszumachen?

**Anruferin** *(erregt)*
Nein, er war doch gar nicht an!

**Wachtmeister Meyer** *(rätselt)*
Wo kommt dann der Ruß her?

**Anruferin** *(entnervt)*
Das weiß ich doch nicht!

**Wachtmeister Meyer** *(gewissenhaft)*
Ist der Feuermelder angegangen?

**Anruferin**
Nein, er hat nicht gewarnt.

**Wachtmeister Meyer**
Na, dann hat es auch nicht gebrannt. Machen sie mal ein Fenster auf.

**Anruferin** *(misstrauisch)*
Ein Fenster? Gut, aber nur auf ihre Verantwortung.

**Wachtmeister Meyer**
Und, können sie jetzt etwas sehen?

**Anruferin**
Ja, der Rauch zieht ab.

**Wachtmeister Meyer**
Und, was sehen sie?

**Anruferin** *(meldet wie gefordert)*
Hier liegen überall Socken herum.

**Wachtmeister Meyer** *(misstrauisch)*
Socken? Haben sie Besuch gehabt?

**Anruferin**
Nein, niemand war hier.

**Wachtmeister Meyer**
Dann riechen sie doch mal daran?

**Anruferin** *(Hilfesuchende fühlt sich wieder nicht ernst genommen)*
Was, ich soll an fremden Socken riechen?

**Wachtmeister Meyer**
Ja, riechen sie doch mal an einer Socke.

**Anruferin** *(Anruferin nimmt eine Socke in die Hand)*
Igitt, die ist ja ganz kalt und feucht. In den anderen stecken lauter Süßigkeiten.

**Wachtmeister Meyer** *(spottet)*
Und sie sagen, es war kein Besuch im Haus? Haben sie vielleicht Halloween gefeiert?

**Anruferin** *(Jetzt ist die Anruferin endgültig verärgert)*
Aber ich sage ihnen doch, ich hab niemand eingeladen. Außerdem ist Halloween schon lang vorbei.

**Wachtmeister Meyer**
Wenn das so ist, sammeln sie die Socken ein und bringen sie mir die Beweise aufs Revier oder glauben sie vielleicht noch an den Weihnachtsmann?

**Anruferin** *(irritiert)*
Weihnachtsmann, ich bin doch kein Kind mehr.

**Wachtmeister Meyer**
Eben, bringen sie alle gefüllten Socken zu mir.

**Anruferin**
Und was ist mit dem Einbruch?"

**Wachtmeister Meyer**
Wenn nichts gestohlen wurde, gab es auch keinen Einbruch. Im Gegenteil, sie haben etwas bekommen, ohne zu wissen von wem. Wollen sie vielleicht eine Anzeige gegen den Weihnachtsmann aufgeben?

**Anruferin** *(empört)*
Gegen den Weihnachtsmann? Den gibt es doch gar nicht!

**Wachtmeister Meyer**
Eben. Und weil sie etwas bekommen haben, das sie gar nicht bestellt haben, gehört es ihnen auch nicht und sie können die Socken deshalb zu mir bringen.

**Anruferin** *(bezweifelte dies)*
Weshalb soll ich ihnen denn die Sachen bringen, die mir irgendjemand geschenkt hat? Ist es neuerdings eine Straftat, ein Geschenk zu behalten?

**Wachtmeister Meyer**
Nur, wenn sie nicht an den Weihnachtsmann glauben.

**Anruferin**
Aber den Weihnachtsmann gibt es ja auch nicht.

**Wachtmeister Meyer** *(Wachtmeister fordert sie jetzt entschieden auf)* Dann bringen sie die Sachen ganz schnell zu mir, noch vor heute Abend!

**Anruferin** *(Anruferin fühlte sich überrumpelt)*
Wie, ganz schnell?

**Wachtmeister Meyer**
Sehen mal auf den Kalender?

**Anruferin**
Weshalb soll ich denn auf den Kalender schauen?

**Wachtmeister Meyer ungeduldig**
Welches Datum haben wir heute, gute Frau?

**Anruferin** *(Die Anruferin versteht nicht, was der Wachtmeister eigentlich von ihr will)*
Es ist der fünfte Dezember.

**Wachtmeister Meyer**
Eben. Es ist Nikolausabend und ich bin heute Abend der Weihnachtsmann.

# Das Krippeli

Wachtmeister Meyer erhält wegen vieler Hilfeersuchen Anrufe oder er wird deswegen aufgesucht. Er spricht Deutsch mit Schweizer Sprachfärbung. In der Weihnachtszeit bekommt er Besuch von einer Touristin, die eine Unterkunft sucht.

**Rollen:**
Wachtmeister Meyer
Anruferin

**Bühnenbild:**
1 Tisch, 2 Stühle, Telefon. Auf dem Tisch steht eine Krippe.

**Requisiten:**
Zeitung, Krippe, Karton

**Kostüme:**
Wachtmeister Meyer: Feuerwehrjacke, schwarze Hose, blinkende Adventsmütze, Schal
Anruferin: Winterkleidung

**Musik im Hintergrund:**
Ihr Kinderlein kommet

**Dauer:**
5-7 Minuten

In der Notrufzentrale sitzt Wachtmeister Meyer mit Schal und blinkender Mütze vor dem Adventskranz und blättert in der Zeitung. Im Hintergrund läuft das Lied „Ihr Kinderlein kommet." Eine Frau in Winterkleidung kommt mit einem Karton herein. Die Musik wird ausgeblendet.

**Touristin**
Grüezi, so sagt man doch in der Schweiz?

**Wachtmeister Meyer**
So sagt man hier. Wo kommen Sie denn her?

**Touristin**
Aus Berlin.

**Wachtmeister Meyer**
Ach, eine Preußin. Nehmen Sie doch Platz. (*Frau setzt sich hin und stellt den Karton auf den Tisch.*) Was wollen Sie denn von mir?

**Touristin**
Also, ik bin auf der Suche nach eenem Haus.

**Wachtmeister Meyer**
Dafür sind wir nicht zuständig. Sie müssen zum Fremdenverkehrsamt gehen. Ich bin die Notrufzentrale.

**Touristin**
Dat is ja een Notfall.

**Wachtmeister Meyer**
So, so. Dann sagen Sie mal, um was es sich handelt.

**Touristin**
Mein Freund braucht ein eijenes Haus im Haus. Sonst wird dat zu unjemütlich.

**Wachtmeister Meyer**
Ungemütlich? Ist ihr Freund ein Schläger? Hat er Sie verprügelt und kommen deshalb zur Notrufzentrale oder?

**Touristin**

Er kann janz schön picken, wa. Da muss ick uffpassen und Vorsorge treffen.

**Wachtmeister Meyer**

Vorsorge, vor einem Freund?

**Touristin**

Wat sich lieb hat, dat neckt sich halt.

**Wachtmeister Meyer**

Was sich liebt, das schlägt sich bei Ihnen? Vorsorge, so nennt man das jetzt wieder in Berlin. Wir sorgen hier nur gegen Corona vor.

**Touristin**

Ick bin negativ jetestet, da brauchen Sie keene Bedenken zu haben. Also haben Sie een Haus im Haus?

**Wachtmeister Meyer**

Es ist Weihnachtssaison. Bei uns ist alles wieder ausgebucht.

**Touristin**

Es muss ja nicht jroß sein. Etwa so jroß wie dieser Karton." (*Stellt ihn auf den Tisch).* Kieken Se mal.

**Wachtmeister Meyer**

So ein kleines Krippeli wollen Sie haben? Wie Maria und Josef?

**Touristin**

Janz recht, so jroß wie eene Krippe.

**Wachtmeister Meyer**

Da passt aber nur ein Kind hinein. Ist ihr Freund kleinwüchsig?

**Touristin**

Für seine Art ist er janz normal groß, wa.

**Wachtmeister Meyer**
Wie sieht denn diese Art aus?

**Touristin**
Die sind alle janz jelb.

**Wachtmeister Meyer**
Ach gelb? Chinesen dürfen seit der Coronapandemie nicht mehr in die Schweiz einreisen, da kann der Freund noch so klein sein.

**Touristin**
Aber er ist janz lieb. Nur manchmal, da piept er halt ein wenig.

**Wachtmeister Meyer**
Bei ihnen piept es wohl auch. Ist das etwa wieder so eine feindliche Übernahme? Hat die Pandemie nicht ausgereicht? Wollen Sie der Schweiz jetzt den Krieg erklären?

**Touristin**
Wat, wat reden sie denn da. Feindliche Übernahme, Krieg? Un dat an Weihnachten?

**Wachtmeister Meyer**
Das hat es schon einmal gegeben. Damals in Bethlehem. Da hat man die Kinder auch alle umgebracht.

**Touristin**
Mein kleener Freund bringt niemand um, der bringt den Kleenen nur Freude.

**Wachtmeister Meyer**
Aha, das ist ja eine saubere Verschleierungsmethode. Aus Gewalt soll Freude werden. Zuerst picken und dann piepen sie.

**Touristin**
Aber Herr Wachtmeister, er tut keener Flieje wat zu leide, meistens jedenfalls nicht.

**Wachtmeister Meyer**
Es tut mir leid, sie lösen mit ihrem Freund eine internationale Verwicklung aus. Ich muss die Kantonspolizei rufen.

*(Es fängt an zu piepen)*

**Wachtmeister Meyer** *(erschrocken)*
Ha, was ist denn das, haben sie das gehört. Das Piepen im Karton, das tickt ja wie eine Bombe! Machen Sie sofort das Paket auf und stellen diesen piependen Zünder ab, sonst muss ich da Bombenräumkommando rufen.

**Touristin**
Det is ja nicht zu glooben! Gut, wenn Sie wünschen, mach ick dat Papier ab. Aber ick kann nicht garantieren, dass dat Piepen uffhört. Er war die janze Zeit im Dunkeln. Uff ihre Verantwortung.

*(Wachtmeister Meyer duckt sich unter den Tisch, sie reißt das Packpapier ab und stellt einen Käfig mit einem Kanarienvogel auf den Tisch.)*

**Wachtmeister Meyer** *(schaut vorsichtig wieder auf)*
Haben Sie die Bombe abgestellt? Was, was, was ist das denn? Sie haben ja vielleicht einen Vogel!

**Touristin**
Sag ick doch, een kleena jelber Freund. Haben Sie jetzt vielleicht een Haus für mich?

# Skizirkus in Sankt Moritz

Wachtmeister Meyer erhält wegen vieler Hilfeersuchen Anrufe oder er wird deswegen aufgesucht. Er spricht Deutsch mit Schweizer Sprachfärbung. Er erhält einen Anruf von einer Wintersportlerin, die den Unfall ihres Ehegatten meldet.

**Rollen:**
Wachtmeister Meyer
Anruferin

**Geteiltes Bühnenbild:**
Rechtes Seite: Büro Notrufzentrale, Tisch, 2 Stühle, Telefon, Adventskranz
Linke Seite: Hotelzimmer, Tisch, Stuhl, Telefon

**Requisiten:**
Zeitung, Klingel

**Kostüme:**
Wachtmeister Meyer: Feuerwehranzug, Schal
Anruferin: Skianzug

**Dauer:**
6-8 Minuten

In der Notrufzentrale sitzt Wachtmeister Meyer im Winterpullover und blättert in einer Zeitung. Im Hintergrund läuft das Lied „Die Liebe in der Schweiz". Es klingelt. *(Die Musik wird ausgeblendet.)*


**Wachtmeister Meyer**
Hallo, hier spricht Wachtmeister Meyer. Was kann ich für Sie tun?

**Anruferin aufgeregt**
Ich möchte einen Unfall melden.

**Wachtmeister Meyer**
Was für einen Unfall?

**Anruferin**
Mein Mann ist mit dem Schlitten falsch abgebogen und hat sich um einen Tannenbaum gewickelt.

**Wachtmeister Meyer**
Um einen Tannenbaum gewickelt? Wie geht denn so etwas?

**Anruferin**
Der Schlitten hat ihn abgeworfen, er rutschte den Abhang hinunter und konnte sich mit den Armen gerade noch an einem Tannenbaum festhalten.

**Wachtmeister Meyer**
Ach so, ein Wintersportunfall. Da müssen Sie die Bergwacht rufen. Dafür sind wir nicht zuständig.

**Anruferin**
Wie nicht zuständig? Auf dem Skipass steht aber für den Notfall ihre Nummer drauf.

**Wachtmeister Meyer**
Richtig, im Notfall. Ihr Mann ist aber nicht Ski gefahren, sondern auf einem Schlitten den Berg runtergerutscht. Dafür sind wir nicht zuständig.

**Anruferin** *(hysterisch)*
Was, nicht zuständig? Mein Mann kann jeden Moment vom Tannenbaum fallen. Er braucht dringend Hilfe.

**Wachtmeister Meyer**
Wenn Sie gegen die Fisregeln verstoßen, ist nicht die Notrufzentrale zuständig, sondern die Bergpolizei.

**Anruferin ungläubig**
Jetzt hören Sie mal, mein Mann schwebt in Lebensgefahr an einem Tannenbaum am Abhang und Sie sagen, ich soll die Bergpolizei rufen. Sind Sie noch zu retten?

**Wachtmeister Meyer**
Mich braucht man nicht zu retten, weil ich auf einer Skipiste nicht Schlitten fahre.

**Anruferin aufbrausend**
Fisregeln hin, Fisregeln her. Wenn Sie nicht kommen, rufe ich bei der Presse an und erzähle denen, dass Sie sich weigern, einen Touristen zu retten.

**Wachtmeister Meyer**
Und wer rettet uns vor solchen Touristen wie Ihnen. Die Notrufzentrale ist nur für Skifahrer zuständig. Sonst würde es Schlittenpass heißen und nicht Skipass.

**Anruferin empört**
Das ist doch ganz egal wie das heißt. Wenn er Snowboard gefahren wäre, würden Sie dann auch nicht kommen?

**Wachtmeister Meyer**
Ein Snowboard ist auch ein Brett. Snowboarder sind einbeinige Skifahrer.

**Anruferin bestimmend**
Und Schlittenfahrer sind vierbeinige Skifahrer. Der Schlitten ist schließlich auch aus Holz.

**Wachtmeister Meyer**
Aber die Abfahrtspisten sind für Schlitten nicht geeignet. Das ist verboten. Schauen Sie mal in der Pistenbeschreibung nach, ob da ein Schlitten aufgemalt ist.

**Anruferin** *(verzweifelt)*
Wo soll ich denn jetzt eine Pistenbeschreibung herbekommen?

**Wachtmeister Meyer**
Ich hab doch gesagt, dass Sie die Bergwacht anrufen sollen. Die können Ihnen genau sagen, was auf der Piste erlaubt ist.

**Anruferin** *(verärgert)*
Kommen die auch, um zu helfen oder sind die wie Sie dazu da, harmlose Touristen zu erschrecken?

**Wachtmeister Meyer**
Ich muss doch sehr bitten. Ich kann doch nichts dafür, dass Ihr Mann so unerschrocken ist, mit dem Schlitten eine Abfahrt hinunter zu fahren. Also rufen Sie jetzt die Bergwacht an oder nicht?

**Anruferin** *(flehend)*
Mein Mann hat bald keine Kraft mehr.

**Wachtmeister Meyer**
„Jetzt müssen Sie sich aber mal entscheiden. Wollen Sie, dass Ihr Mann gerettet wird und die Bergwacht anrufen oder mit mir über die Fisregeln diskutieren?

**Anruferin** *(aufgebracht)*
Sie haben doch mit den Fisregeln angefangen. Wer denkt in so einer Situation schon an die Fisregeln, wo die doch ohnehin niemand beachtet.

**Wachtmeister Meyer**
Wollen Sie damit sagen, dass Sie sich weigern, die vorgegebenen Bestimmungen einzuhalten? Im Straßenverkehr können Sie auch nicht fahren, wie Sie wollen.

**Anruferin**
Genau, die Regeln sind mir ganz egal. Es geht jetzt nur um die Rettung meines Mannes.

**Wachtmeister Meyer**
Warum sagen Sie nicht gleich, dass Sie sich wegen Verstoßes gegen die Verhaltensregeln des internationalen Skiverbandes anzeigen möchten. Dann kann ich jetzt die

Bergwacht und die Bergpolizei informieren. Die kommen sofort mit einem Hubschrauber. Also, wo befindet sich denn Ihr Mann?

**Anruferin**
Auf dem Übungsgelände der Skischule in Sankt Moritz.

**Wachtmeister Meyer**
Übungsgelände? Ich denke, es geht um eine Skipiste?

**Anruferin**
Geht es auch. Es geht um die Skipiste des Übungsgeländes an der Via Salastrains.

**Wachtmeister Meyer**
Aber da gibt es gar keine Abhänge.

**Anruferin**
Doch, der Hügel an der Rodelbahn.

**Wachtmeister Meyer**
Aber das ist der Kinderskizirkus!

**Anruferin**
Genau. Und da ist mein Mann an der Rodelbahn falsch abgebogen und auf die Piste gekommen, wo der Tannenbaum steht.

**Wachtmeister Meyer**
Sagen Sie mal, deshalb soll jetzt die Rettung kommen, um auf einem Übungshügel jemand vom Tannenbaum abzuseilen, wo doch jedes Kind von diesem Tannenbaum herunterspringen kann?

**Anruferin**
Ja, weil ich mit meinem Mann gewettet habe, dass ich schneller einen Hubschrauber organisieren kann als er vom Tannenbaum herunterklettert.

**Wachtmeister Meyer**
So, so! Und was war der Einsatz?"

**Anruferin**
Eine kostenlose Rundfahrt mit dem Rettungshubschrauber über Sankt Moritz.

# Der Oberbürgermeister und Herr Meyer

Der Oberbürgermeister der saarländischen Landeshauptstadt bespricht mit seinem persönlichen Referenten die Probleme der Landeshauptstadt.

# Radeln fürs Christkind

Der Oberbürgermeister bittet den persönlichen Referenten Herrn Meyer zum Gespräch, um sich über die Energiewende der Landeshauptstadt zu informieren.

**Rollen:**
Herr Oberbürgermeister
Herr Meyer, persönlicher Referent

**Bühnenbild:**
Büro des Oberbürgermeisters, Tisch, 2 Stühle, Telefon

**Requisiten:**
2 Stühle, Tisch, Akten, Telefon

**Kostüme:**
Herr Oberbürgermeister: Anzug
Herr Meyer: Bürokleidung

**Dauer:**
6-8 Minuten

*Herr Oberbürgermeister sitzt am Schreibtisch und wählt.*


**Oberbürgermeister**
Der Meyer soll reinkommen.

**Herr Meyer** *(kommt mit einem Aktenbündel auf die Bühne)*
Guten Tag, Herr Oberbürgermeister.

**Oberbürgermeister** *(weist mit der Hand zum Stuhl)*
Guten Tag Herr Meyer. Haben wir unseren Fuhrpark auf Elektroautos umgestellt?

**Herr Meyer** *(setzt sich hin und legt die Akten auf den Tisch)*
Herr Oberbürgermeister, die Aktion läuft noch. Die Limousinen sind bereits alle Hybridautos. Das Umstellen auf Elektromobilität dauert. Rom ist auch nicht an einem Tag erbaut worden.

**Oberbürgermeister**
Was soll das heißen. Befinden wir uns in der Antike?

**Herr Meyer**
Antik ist nur unsere Rathausfassade.

**Oberbürgermeister**
Genau. Und die steht unter Denkmalschutz. Wie sieht es mit der Weihnachtsbeleuchtung aus. Ist sie auf Solarenergie umgestellt?

**Herr Meyer**
Ja schon. Aber da gibt es ein Problem.

**Oberbürgermeister** *(ungeduldig)*
Heraus mit der Sprache. Was funktioniert nicht?

**Herr Meyer**
Die Sonne scheint im Dezember nicht genug. Das Christkind würde ja im Dunkeln über den Sankt Johanner Markt fliegen.

**Oberbürgermeister**
Dann verteilen wir Kerzen oder stellen Gaslampen auf.

**Herr Meyer**
Die Kerzen wären teurer als der Strom der Weihnachtsbeleuchtung und vom Gaspreis will ich gar nicht erst reden.

**Oberbürgermeister**
Hm, stimmt. Herr Meyer, wie wäre es, wenn wir einen Generator aufstellen, den man mit Muskelkraft aufladen kann?

**Herr Meyer**
Sie meinen, so wie ein Fahrrad?

**Oberbürgermeister**
Genau. Früher hatte meine Mutter die Nähmaschine auch mit den Füßen betrieben.

**Herr Meyer**
Soweit ich weiß, gibt es Pedalgeneratoren. Die funktionieren wie ein Heimtrainer. Wer strampelt aber vierundzwanzig Tage für die Landeshauptstadt?

**Oberbürgermeister**
Wir sollten die Kollegen fragen, ob sie sich auf diese Weise fit halten wollen. Im Übrigen ist Radeln Gesundheitsförderung. Wir könnten das als neues Konzept für betriebliche Gesundheitsförderung ausschreiben. Vielleicht gewinnen wir den nächsten saarländischen Präventionspreis.

**Herr Meyer**
Warum soll denn da einer mitmachen? Gibt es dafür einen Bonus, etwa zwei Tage Urlaub mehr für einen Monat Radeln beim Christkindlmarkt?

**Oberbürgermeister**
Dann müssten wir mehr Personal einstellen. Das geht nicht. Wie wäre es, wenn wir dafür die Benutzung des kleinen Dienstwagens anbieten würden. Zweimal Smartfahren für zweimal radeln.

**Herr Meyer**
Da werden sie Buch führen müssen zur Terminierung der Autobenutzung.

**Oberbürgermeister**
Das macht doch die Verwaltung.

**Herr Meyer**
Meinen Sie, dass die Kollegen zusätzliche Aufgaben übernehmen und das vor Weihnachten?

**Oberbürgermeister**
Das kann ich auch per Dienstanweisung regeln.

**Herr Meyer**
Ohne Personalrat wird das aber nicht gehen. Sie wissen doch, dass mehrere Überlastungsanzeigen vorliegen.

**Oberbürgermeiste**
Überlastung, wenn ich das schon höre. Wer ist denn hier überlastet. Doch nur der Oberbürgermeister, weil der überall präsent sein muss.

**Herr Meyer**
Apropos Präsenz. Sie müssten den Christkindlmarkt eröffnen. Wir starten wieder Montag vor dem ersten Adventssonntag.

**Oberbürgermeister**
Da sehen sie's. Ich sollte auch mal eine Überlastungsanzeige schreiben.

**Herr Meyer**
Oder Radeln für die Landeshauptstadt. Gehen Sie mit gutem Beispiel voran.

**Oberbürgermeister**
Hm, sie meinen, ich sollte den Christkindlmarkt auf den Pedalen eröffnen.

**Herr Meyer**
Das wäre doch eine tolle Publicity. Der Oberbürgermeister als Sparochse der Landeshauptstadt.

**Oberbürgermeister**
Wie bitte, Ochse?

**Herr Meyer**
Ich meinte Büchse, Sparbüchse. Das wäre doch richtig smart. Smart für Smart, das wäre übrigens ein toller Slogan.

**Oberbürgermeister**
Wenn sie glauben, ich quetsche mich in das Smart-Auto, irren sie sich. Das Auto ist doch eine Konservenbüchse.

**Herr Meyer**
Kommt konservativ nicht von Konserve?

**Oberbürgermeister**
Herr Meyer, konservativ heißt, Traditionen bewahren und weitergeben, dem Altbewährten folgen.

**Herr Meyer**
Altbewährt, so wie die Antike. Dann würden sie ja unter Denkmalschutz stehen.

**Oberbürgermeister**
So alt bin ich nun auch wieder nicht.

**Herr Meyer**
So lange gewählt wurde ja auch noch keiner.

**Oberbürgermeister**
Das weiß man nicht.

**Herr Meyer**
Hiob schreibt: Ein unnützer Mann blähet sich; und ein geborener Mensch will sein wie ein junges Wild.

**Oberbürgermeister**
Sehen sie, Hiob hat das auch gewusst: man ist so jung, wie man sich fühlt.

**Herr Meyer**

Dann sind sie kräftig genug, um das Pedalo alleine zu betreiben. Das hätte auch den Vorteil, dass das Smart-Auto weiterhin dem Dienstbetrieb zur Verfügung steht und sie den Personalrat bei der Dienstanweisung nicht einbeziehen müssten.

**Oberbürgermeister**

Wie, jeden Tag bis Heiligabend?

**Herr Meyer**

Es steht auch geschrieben: Ein weiser Mann ist stark und ein vernünftiger Mann ist mächtig von Kräften.

**Oberbürgermeister**

Nur dass ich der Ochse bin, der jeden Abend den Karren ziehen soll.

**Herr Meyer**

Das würde dem Begriff Sparochse aber eine ganz neue Bedeutung verleihen.

**Oberbürgermeister**

Jetzt ist es aber gut, Herr Meyer. Man soll zwar jeden Tag tausend Schritte gehen, aber nicht vierundzwanzig Tage jeden Abend radeln. Eine Nacht auf dem Christkindlmarkt muss auch genügen.

**Herr Meyer**

Denn tausend Jahre sind vor dir wie der Tag, der gestern vergangen ist, und wie eine Nachtwache.

**Oberbürgermeister**

Und sie sollten den Tag nicht vor dem Abend loben. Sie könnten ja auch radeln.


**Herr Meyer**

Bevor auch ich eine Überlastungsanzeige schreiben müsste, halte ich es lieber mit dem Matthäusevangelium: Sie säen nicht, sie ernten nicht und euer himmlischer Vater ernährt sie doch.

# Kundengespräche

# Nürnberger Lebkuchen

Am Samstag vor dem dritten Advent betritt ein Kunde eine Nürnberger Bäckerei. Er möchte gerne Nürnberger Lebkuchen kaufen. Die Verkäuferin versteht den Kunden falsch.

**Rollen:**
Verkäuferin
Kunde

**Bühnenbild:**
Theke einer Bäckerei

**Requisiten:**
Tisch, Gebäckauslagen, Kartons für Thekenaufbau

**Kostüme:**
Verkäuferin: Kleid, weiße Schürze, Häubchen
Kunde: Alltagskleidung

**Dauer:**
6-8 Minuten

Verkäuferin steht hinter der Theke. Ein Kunde kommt herein.

**Verkäuferin** *(freundlich)*
Grüß Gott. Wie kann ich ihnen helfen?

**Kunde**
Grüß Gott, ich hätte gerne ein paar Nürnberger.

**Verkäuferin** *(bedauert)*
Tut mir leid, Würstchen führen wir hier nicht.

**Kunde** *(staunt)*
Würstchen? Wer will denn Würstchen kaufen?

**Verkäuferin**
Ja, sie haben doch danach gefragt.

**Kunde**
Ich möchte gerne ein paar Nürnberger.

**Verkäuferin**
Sie sind hier aber nicht beim Autorennen.

**Kunde**
Wie Autorennen? Wie kommen sie denn darauf?

**Verkäuferin**
Na Nürburgring, da gibt es die Nürnberger.

**Kunde**
Liebe Dame, der Nürburgring befindet sich in der Pfalz, genauer gesagt in der Eifel. Wir sind aber in Franken.

**Verkäuferin**
Das weiß ich doch, dass wir in Franken sind. Sie befinden sich schließlich in einer Nürnberger Bäckerei.

**Kunde**

Dann müssten sie doch auch Nürnberger haben oder sind die etwa in die Pfalz ausgewandert.

**Verkäuferin**

Wenn schon, dann in die Kurpfalz. Die gehörte im 18. Jahrhundert auch zu Bayern.

**Kunde**

Wie, die Wittelsbacher stammen doch aus München.

**Verkäuferin**

Die Wittelsbacher haben halb Europa beherrscht. Karl Albrecht von Bayern war König von Böhmen und wurde 1742 zum Kaiser des Heiligen Römischen Reiches gewählt.

**Kunde**

Haben sie deshalb die Vanillekipferl im Sonderangebot?

**Verkäuferin**

Vanillekipferl gibt es in ganz Europa, sie sind ein traditionelles Weihnachtsgebäck.

**Kunde**

Das sind die Nürnberger doch auch.

**Verkäuferin**

Aber nicht bei uns.

**Kunde**

Ja was sind sie denn für eine Bäckerei, wenn sie in Franken keine Nürnberger im Angebot haben?

**Verkäuferin**

Wir haben schon im 18. Jahrhundert kleine Kaiserlein gebacken. Zu Ehren Maximilians II. stand *Heil unserem König* drauf.

**Kunde**

Ich wusste nicht, dass man sich einen Kaiser backen kann.

**Verkäuferin**

Kann man auch nicht, heute werden die Volksvertreter gewählt.

**Kunde**

Haben Sie etwa unter dem Nürnberger Trichter gelegen?

**Verkäuferin**

Das brauche ich nicht. Ich habe schließlich die Schule besucht. Aber sie könnten vom Nürnberger Trichter sicher profitieren. Dann wüssten sie nämlich, dass in einer Bäckerei keine Würstchen verkauft werden.

**Kunde**

Würstchen, wer spricht denn hier von Würstchen?

**Verkäuferin**

Sie wollen doch Nürnberger Würstchen kaufen.

**Kunde**

Bestimmt nicht. Aber sie sind mir anscheinend ein Würstchen. Erzählen mir, dass sie keine Nürnberger haben und dahinten steht das ganze Regal voll damit?

**Verkäuferin**

Dahinten stehen unsere traditionellen Lebkuchen. *Heil unserem König* steht heute allerdings nicht mehr drauf.

**Kunde**

Dann nehme ich halt die Lebkuchen aus dem Regal, wenn sie keine Original Nürnberger Lebkuchen haben.

**Verkäuferin**

Von was rede ich denn die ganze Zeit. Die kleinen Kaiserlein waren die ersten Nürnberger Lebkuchen, die überhaupt jemals gebacken wurden. Wir haben auch Elisenlebkuchen, genannt nach der Tochter des ersten Lebkuchenbäckers in Nürnberg.

**Kunde**

Hoffentlich sind ihre Lebkuchen auch frisch und nicht auch aus dem 18. Jahrhundert.

**Verkäuferin**

Sie sind alt genug, um sie von Würstchen und Gebäck unterscheiden zu können und frisch genug, um weich zu sein.

**Kunde**

Kein Wunder, dass in Nürnberg Rauschgoldengel über den Christkindlmarkt fliegen.

**Verkäuferin**

Wie bitte? Das gehört auch zu unserer Tradition.

**Kunde**

Ja, scheinbar viel Gold, aber nur Blech dahinter.

**Verkäuferin**

Und sie sollten als Rennfahrer auf dem Nürburgring fahren. Die machen auch viel Lärm um nichts.

# Gans oder gar nicht

Kurz vor Weihnachten möchte ein Kunde eine Weihnachtsgans kaufen.

**Rollen:**
Kunde
Verkäuferin

**Bühnenbild:**
Theke eine Metzgerei, kann auch ein Tisch sein, Wurstauslagen

**Requisiten:**
Kartons für Thekenaufbau, Angebotszettel, weihnachtliche Dekoration

**Kostüme:**
Kunde: Anzug, Krawatte
Verkäuferin: weiße Schürze, evtl. Häubchen, darunter Jeans, T-Shirt

**Dauer:**
5-6 Minuten

*Hinter der Theke steht die Verkäuferin. Ein Kunde betritt eine Metzgerei.*

**Kunde**
Guten Tag. *(räuspert sich)* Ich hätte gerne Gans zu Weihnachten.

**Verkäuferin**
Guten Tag. Ja, bitte, was möchten Sie?

**Kunde**
Ich hätte gerne Gans zu Weihnachten.

**Verkäuferin**
Sie hätten gerne die Ware ganz, nicht in Stückchen?

**Kunde**
Nein. Das Ganze natürlich.

**Verkäuferin**
Aha, etwas Ganzes?

**Kunde**
Ja selbstverständlich, das Ganze ganz, was denn sonst!

**Verkäuferin**
Es könnte ja auch sein, dass sie ein halbes Ganzes möchten.

**Kunde**
Aber ich habe doch gesagt, dass ich das Ganze ganz möchte.

**Verkäuferin**
Ah ja. Also ganz ganz und nicht halb ganz? Von was hätten Sie denn gerne ein Ganzes?

**Kunde**
Das sagte ich doch bereits, Gans zu Weihnachten.

**Verkäuferin**
Bitte, ich verstehe nicht, was Sie meinen. Was ist denn ein ganzes Ganz?

**Kunde**
Was ist denn daran nicht zu verstehen, spreche ich chinesisch?

**Verkäuferin**

Nein, sie sprechen deutsch, aber etwas unverständlich, möchte ich sagen. Wie sieht das ganze Ganz denn aus, können Sie es wenigstens beschreiben?

**Kunde**

Na, es hat zwei Flügel und wenn es taucht, streckt es das Schwänzchen in die Höh?

**Verkäuferin**

Aha, sie möchten also alles davon, die Flügel mit dem Schwänzchen?

**Kunde**

Wollen Sie mich auf den Arm nehmen?

**Verkäuferin**

Also bitte, Sie sind mir ganz zu schwer.

**Kunde**

Was, das Ganze ist zu schwer?

**Verkäuferin**

Nein, Sie sind mir als Ganzes zu schwer.

**Kunde**

So so. Aber das ist ihr Problem. Ich kann nichts dafür, wenn Sie so schwach auf den Rippen sind. Also bitte, ich möchte alles ganz haben.

**Verkäuferin**

Also die Flügel und ein Schwänzchen. Von welchem Ganzen stammen die Teile denn ab?

**Kunde**

Sie reden ja so, als ob ich eine Maschine wollte. Flügel und Schwänzchen gehören organisch zu einem Ganzen. Wenn man es richtig zubereitet, könnte man glatt mit ihr davonfliegen.

**Verkäuferin**

Sie möchten also eine organische Flugmaschine?

**Kunde**

Na hören Sie mal, wer brät sich schon zu Weihnachten eine Flugmaschine.

**Verkäuferin**

Ich weiß es nicht, ich möchte ja keine. Vielleicht kann es ja auch ein Rentier sein, ein fliegendes vielleicht? Allerdings ohne Flügel. Mit dem Schwänzchen müsste ich vorher allerdings den Nikolaus fragen.

**Kunde**

Rentiere fliegen nicht, um Himmels willen. Sie dumme Gans.

**Verkäuferin**

Also bitte, ich muss mich nicht von Ihnen beleidigen lassen. Nur, weil Sie nicht wissen, was sie wollen.

**Kunde**

Aber ich habe doch gesagt, dass ich Gans möchte.

**Verkäuferin**

Aha, da ist es wieder, ganz und gar nicht. Beschimpfen Sie mich bloß nicht wieder als dumme Gans, Sie ausgewachsener Flegel, Sie!

**Kunde**

Ja soll ich etwa noch schöner weißer Vogel sagen, Sie Nebelkrähe!

**Verkäuferin**

Nun ist es aber genug, Sie durchgefallener Flugschüler.

**Kunde**

Sie können gleich sonst wohin fliegen, Sie dumme Pute.

**Verkäuferin**

Was, dumme Pute? Das geht entschieden zu weit, das muss ich mir von Ihnen nicht sagen lassen, Sie flügelgestutztes Rentier, Sie Hornochse, Sie. Jetzt habe ich genug von Leuten, die wie die Aasgeier vor meiner Theke kreisen. Fliegen Sie doch davon!

**Kunde**

Und ich habe genug von Ihrem Schwanengesang, Sie ungezogener schwarzer Vogel, Sie Nachteule, Sie. Hören Sie mal, wenn Sie sich weiter so dumm anstellen, möchte ich den Inhaber sprechen!

**Verkäuferin**

Als Ganzes oder als Halbes?

# Dresdner Stollen

Ein Kunde möchte gerne in einer Bäckerei Dresdner Christstollen kaufen. Die Verkäuferin ist ein Fußballfan der Hertha BSC. Bei dem Wort Stollen denkt sie nur an Fußballstollen.

**Rollen:**
Kunde
Verkäuferin

**Bühnenbild:**
Theke einer Bäckerei, kann auch ein Tisch sein, Gebäckauslagen, Stollen

**Requisiten:**
Kartons für Thekenaufbau, Angebotszettel, Christstollen, weihnachtliche Dekoration

**Kostüme:**
Kunde: Alltagskleidung
Verkäuferin: weiße Schürze, evtl. Häubchen, darunter Jeans, T-Shirt

**Dauer:**
5-6 Minuten

Hinter der Theke steht die Verkäuferin. Ein Kunde kommt in die Bäckerei.

**Verkäuferin**
Guten Tag. Was hätten Sie denn gerne?

**Kunde**
Guten Tag. Ich hätte gerne ein paar Stollen.

**Verkäuferin**
Wie Stollen? Fußballschuhe führen wir nicht.

**Kunde**
Was denn für Fußballschuhe?

**Verkäuferin**
Das weiß ich doch nicht. Sie wollten doch ein paar Stollen.

**Kunde**
Ja genau, Stollen aus Dresden.

**Verkäuferin**
Seit wann hat Dresden eigene Stollen? Die hat nicht einmal die alte Hertha.

**Kunde**
Ob Ihre alte Dame die hat oder nicht, ich möchte gerne Stollen aus Dresden.

**Verkäuferin**
Wenn die erste Liga keine eigenen hat, gibt es für die dritte erst recht keine.

**Kunde**
Aber Stollen aus Dresden sind weltberühmt.

**Verkäuferin:**
Solange Dresden den Aufstieg nicht schafft, gibt es auch keine Stollen für Dresden.

**Kunde**
Hören Siel, befinden wir uns hier in einer Bäckerei oder in einem Fußballladen?

**Verkäuferin**

Sie befinden sich sogar in einer königlichen Hofbäckerei. Wir haben bereits für Kaiser Wilhelm gebacken.

**Kunde**

Dann werden Sie ja wohl auch Stollen aus Dresden haben.

**Verkäuferin**

Aber ich sage Ihnen doch, dass Dresden keine eigenen Stollen hat. Das wüsste ich. Schließlich bin ich seit Jahrzehnten bei der Hertha.

**Kunde**

Ja, wie alt ist denn die alte Hertha?

**Verkäuferin**

Die alte Dame gibt es schon seit 1892.

**Kunde**

Wie, die ist erst 128 Jahre alt? Stollen aus Dresden gibt es aber seit dem 15. Jahrhundert. Selbst der Kurfürst von Sachsen und König von Polen August der Starke hat ihn geliebt.

**Verkäuferin**

Ich wusste gar nicht, dass es damals schon eine erste Liga gab.

**Kunde**

Stollen aus Dresden sind seit 1560 erste Liga.

**Verkäuferin**

Aber heute nicht mehr.

**Kunde**

Sie sind wohl nicht auf der Höhe der Zeit. Jedes Jahr wird in Dresden am zweiten Advent sogar ein eigenes Stollenfest gefeiert.

**Verkäuferin**

Dann fahren Sie doch zum Stollenfest nach Dresden. Hier gibt es sie nicht.

**Kunde**

Ich fahre doch nicht wegen ein paar Stollen bis nach Dresden! Schon gar nicht im Schnee. Dann hätte ich halt gerne einen Herthastollen.

**Verkäuferin**

Wir sind doch kein Fußballladen. Wir sind eine Bäckerei. Außerdem gibt es weder für die erste Liga noch für die zweite Liga eigene Stollen.

**Kunde**

Ja, aber da liegen doch Stollen in der Auslage.

**Verkäuferin**

Das sind Marzipanstollen. Den Kuchen können Sie kaufen.

**Kunde**

In Gottes Namen nehme ich eben einen Marzipanstollen, wenn Sie keinen Dresdner Christstollen haben?

**Verkäuferin**

Selbstverständlich haben wir auch Dresdner Christstollen. Wenn Sie einen Christstollen möchten, dann sagen Sie das doch.

**Kunde**

Ja, Sie haben doch mit dem Fußball angefangen. Kein Wunder, dass ihr Fußballclub sich die Stollen noch nicht verdient hat.

**Verkäuferin**

Wie bitte?

**Kunde**

Den möchte ich sehen, der mit Christstollen unter den Sohlen Deutscher Meister wird.

# Der springende Funke

Ein Autofahrer möchte Zündkerzen im Tankstellenshop kaufen. Die Verkäuferin denkt bei Kerzen aber nur an den Adventskranz.


**Rollen:**
Kunde
Verkäuferin


**Bühnenbild:**
Verkaufstheke einer Tankstelle


**Requisiten:**
Kerzen, weihnachtliche Dekoration


**Kostüme:**
Kunde: Alltagskleidung, Jacke
Verkäuferin: bunte Bluse, Jeans


**Dauer:**
6-8 Minuten

*Hinter der Theke steht die Verkäuferin. Ein Mann kommt in den Shop einer Tankstelle und schüttelt die Jacke aus.*

**Kunde**
Das ist ja vielleicht ein Wetter da draußen. Wenn das so weiterschneit, kann bald kein Auto mehr fahren.

**Verkäuferin**
Es ist halt Adventszeit. Da soll es doch schneien. Was hätten Sie denn gerne?

**Kunde**
Ich hätte gerne einen Satz Kerzen.

**Verkäuferin**
Advent, Advent, ein Kerzlein brennt.

**Kunde**
Wollen Sie mich auf den Arm nehmen? Ich habe Kerzen gesagt.

**Verkäuferin**
Nun leuchten wieder Weihnachtskerzen.

**Kunde**
Sind Sie noch bei Trost?

**Verkäuferin**
Sie wollten doch einen Satz mit Kerzen.

**Kunde**
Ich wollte keinen Satz mit Kerzen, ich wollte einen Satz Kerzen.

**Verkäuferin**
Wo ist denn da der Unterschied? Ob mit oder ohne mit, ein Satz ist ein Satz.

**Kunde**
Ein Satz Kerzen besteht aus mehreren Kerzen.

**Verkäuferin**

Na gut. Wie wäre es damit? Immer ein Lichtlein mehr am Kranze, den wir gebunden.

**Kunde**

Sagen Sie mal, geht es Ihnen nicht gut? Ohne neue Kerzen kann ich nicht weiter-fahren. Ob mit oder ohne Schnee.

**Verkäuferin**

Wie, Sie fahren mit Kerzen, nicht mit Benzin?

**Kunde**

Ich tanke Super.

**Verkäuferin**

Tanken müssen Sie schon selber. Hier im Shop können Sie nur Kerzen kaufen.

**Kunde**

Deshalb bin ich doch hier! Also haben Sie nun Kerzen oder nicht?

**Verkäuferin**

Sagen Sie das doch gleich, dass Sie Kerzen kaufen und keinen Satz mit Kerzen hören wollen. Mit wären die Gedichte ohnehin bald ausgegangen. Möchten Sie vier rote oder vier weiße Kerzen?

**Kunde**

Die Farbe ist doch ganz egal. Hauptsache, sie zünden.

**Verkäuferin**

Unsere Kerzen lassen sich alle anzünden, die sind qualitätsgeprüft.

**Kunde**

Dann ist es ja gut. Also bitte, haben Sie nun Zündkerzen oder nicht?

**Verkäuferin**

Zündkerzen wollen Sie, keine Kerzen für den Adventskranz?

**Kunde**

Ja wo sind wir hier denn? Etwa in einer Kerzendreherei?

**Verkäuferin**
Sie befinden sich im Shop einer Tankstelle und nicht in einer Autowerkstatt! Wenn Sie Zündkerzen wollen, fahren Sie bitte mit Ihrem Auto in unsere Autowerkstatt. Die ist direkt hinter uns. Fahren Sie also um die Kurve herum und dann in den hinteren Bereich.

**Kunde**
Aber meine Kerzen lassen sich nicht mehr zünden. Der Funke springt nicht über.

**Verkäuferin**
Dann versuchen Sie es mal mit einem Feuerzeug, da springt der Funke bestimmt über.

# Hotel Excelsior

Im Hotel Excelsior sitzt Giovanni Calabrese an der Rezeption. Er ist Italiener und spricht nicht gut die deutsche Sprache. Weshalb es viele Dinge falsch versteht.

# Die Frauen vom Heiligen Geist

Ein Pfarrer möchte gerne Zimmer für die Ordensschwestern der „Frauen vom Heiligen Geist" buchen und ruft im Hotel Excelsior an. Der italienische Portier versteht die deutsche Sprache nicht gut. Es kommt zu Missverständnissen.

**Rollen:**
Giovanni Calabrese, Portier
Pfarrer

**Geteiltes Bühnenbild:**
Rechtes Seite: Rezeption, Telefon, Adventskranz
Linke Seite: Pfarrbüro, Tisch, Stuhl, Telefon, Glas, Flasche Wein

**Requisiten:**
Flasche Rotwein, Glas, Reservierungsbuch, Klingel, Speisekarte

**Kostüme:**
Giovanni Calabrese: Schwarzer Anzug, weißes Hemd, Fliege
Pfarrer: Schwarze Kleidung

**Dauer:**
6-8 Minuten

Bühnenbild: Linke Bühnenhälfte: In der Anmeldung sitzt Giovanni Calabrese und blättert in der Speisekarte.
Rechte Bühnenhälfte: Pfarrer sitzt an seinem Schreibtisch und gießt sich ein Glas Rotwein ein. Dann wählt er die Nummer eines Hotels.
*Es klingelt*


**Pfarrer**
Ist dort der Portier?

**Giovanni Calabrese**
Hier iste Hotel Excelsior, Giovanni Calabrese am Apparat.

**Pfarrer**
Ich möchte gerne einen Stock buchen.

**Giovanni Calabrese**
Einen Stock? Bienen fliegen aber wieder erst nächstes Jahr.

**Pfarrer**
Bienen, was denn für Bienen?

**Giovanni Calabrese**
Bienen für Stock fliegen erst wieder im Frühling.

**Pfarrer**
Ach so, ich meinte einen ganzen Stock für unsere lieben Frauen vom Heiligen Geist.

**Giovanni Calabrese**
Stock, ich nicht haben ganzes Stock. Hier iste Hotel Excelsior, nicht Strafanstalt für Frauen.

**Pfarrer**
Strafanstalt? Wie kommen Sie denn darauf?

**Giovanni Calabrese**
Sie wollen doch Stock für Frauen.

**Pfarrer**

Ich meine doch keinen Schlagstock, sondern einen Flur.

**Giovanni Calabrese**

Wir keine Wiese für Bienen, wir sind anständiges Hotel, kein Bienenstock. Wir nur Zimmer haben.

**Pfarrer**

Genau, die Zimmer in einem Flur, einer ganzen Etage oder eines Stockwerkes, ich möchte alle diese Zimmer für die Frauen vom Heiligen Geist buchen.

**Giovanni Calabrese**

Geist kommen nur nachts. Zimmer müssen ganzes Tag gebucht werden.

**Pfarrer**

Meine Güte, sie verstehen aber gar nichts. Selbstverständlich zahlen wir die normale Zimmerpauschale für den ganzen Tag. Also können Sie mir bitte einen ganzen Stock in der Woche von Heiligabend bis zum zweiten Weihnachtstag buchen?

**Giovanni Calabrese**

Gut, ich mussen nachschauen. Keine Zimmer mehr frei. Iste Saarbrucker Weihnachtsmarkt.

**Pfarrer**

Aber der Weihnachtsmarkt endet doch an Heiligabend. Da werden die Zimmer wieder frei.

**Giovanni Calabrese**

Scusi Signore, Zimmer alle gebucht von große Basilika. Großes Geist kommen Heiligabend in Messe.

**Pfarrer**

Wer hat denn die Zimmer gebucht?

**Giovanni Calabrese**

Großer Geist von große Basilika. Singt Choro in Messe.

**Pfarrer**

Hat der große Geist auch einen Namen?

**Giovanni Calabrese**

Ich mussen nachschauen. Messe von Bach gebucht. Ora et labora.

**Pfarrer**

Meinen Sie das Weihnachtsoratorium von Bach? Dann hat unser Chorleiter die Zimmer gebucht!

**Giovanni Calabrese**

Nix Chorleiter, nur für Messe von Bach.

**Pfarrer**

Himmelherrgottnocheinmal! In der Basilika wird das Weihnachtsoratorium aufgeführt. Aber der Chorleiter hat nur für die vier Solisten gebucht und nicht das ganze Hotel beschlagnahmt.

**Giovanni Calabrese**

Ich mussen nachschauen. Gut, iste Zimmer frei in zweite und dritte Etage.

**Pfarrer**

Die Zimmer müssen aber alle in einem Flur sein.

**Giovanni Calabrese**

Verstehe, Geist kommen doch in Nacht.

**Pfarrer**

Jetzt hören Sie mal gut zu. Die lieben Frauen vom Heiligen Geist sind Nonnen, für die gilt tatsächlich ora et labora. Deshalb dürfen die auch nicht gestört werden.

**Giovanni Calabrese**

Verstehe, bringen eigenes Geist mit für ganzes Nacht, ora et labora.

**Pfarrer**

Können Sie die anderen Zimmer umbuchen, damit ein ganzer Flur frei wird?

**Giovanni Calabrese**

Ich mussen nachfragen, ob Bienen nicht mehr da. Sollen ich buchen für Platz am Bach?

**Pfarrer**

Ja, tun Sie das bitte.

**Giovanni Calabrese**

Gut, dann ich fragen nach bei Stadt. *Beide legen auf.*

**Der Pfarrer trinkt ein Glas Rotwein**

Gottseidank. Ich hab schon befürchtet, dass wir ein Zelt aufbauen müssen.

**Das Telefon klingelt, der Pfarrer hebt ab**

Hat es geklappt?

**Giovanni Calabrese**

Ja, alle Stöcke in Flurwiese am Staden an der Saar sind frei. Kein Bienenflug mehr. Nonnenfrauen können dort ganze Nacht heiligen Geist empfangen, Stock für Stock. Feuer machen ist aber verboten.

# Ehepaar Hollischek

Das Ehepaar Hollischek wohnt in Wien. Der Ehegatte ist Fiaker und ständig am Granteln. Seine Frau umgarnt ihn, um ihre Wünsche und Ansprüche durchzusetzen. Denn Herr Hollischek ist ein arger Geizhals. Das Ehepaar spricht mit Wiener Schmäh.

# Wiener Oper

Elisabeth Hollischek hat eine Linzer Torte gebacken. Sie möchte gerne in die Oper gehen und versucht, den Ehegatten davon zu überzeugen, mitzugehen.

**Rollen:**
Elisabeth Hollischek
Herr Hollischek

**Bühnenbild:**
Küche, Tisch, 2 Stühle

**Requisiten:**
2 Stühle, Tisch, Kaffeegeschirr für 2 Personen, Kaffeekanne, Zuckerdose, Torte, Zeitung

**Kostüme:**
Herr Hollischek: Latzhose, kariertes Hemd
Frau Hollischek: Dirndl

**Dauer:**
5-6 Minuten

Elisabeth Hollischek stellt eine Linzer Torte auf den gedeckten Tisch. Der Ehemann kommt herein und setzt sich an den Tisch.

**Ehefrau (***setzt sich hin und sagt stolz***)**
Mogst vielleicht die Linzer Torten scho kosten?

**Ehemann** (*liest in der Wiener Zeitung*)
Linzer Torten? A Weanerin backt a Sachertorten.

**Ehefrau** (*genervt*)
Willst jetzt a Stickerl oder net?

**Ehemann** (*grantelt*)
Dem Kaiser hättst des net hingstellt.

**Ehefrau** (*verteidigend*)
Dem Franz net, aber dem Kaiser Maximilian I scho. Auf's Schloss hätt i ihms bracht nach Linz. Der hätt sich ganz sicher gfreit.

**Ehemann** (*verächtlich*)
Maximilian von Linz - *schüttelt den Kopf* - in welchem Jahrhundert bist du eigentlich zhaus? Die Habsburger regiern scho long nimmer. Unser Kanzler haast Sebastian Kurz.

**Ehefrau** (*nachtrauend*)
Jo, schad is scho. (*schwärmt*) Obwohl der Sebastian Kurz genauso schneidig ausschaut wie der Franz woar.

**Ehemann** (*gereizt*)
Jo kriag i jetzt a Stickerl von der Torten oder muss i vorher noch an Frack anziehn?

**Ehefrau** (*legt ein Stück Torte auf seinen und ihren Teller*)
Mogst auch an Kaffee?

**Ehemann** (*beruhigt*)
Jo, Kuchen ohne Kaffee, wo gibst denn so was? Host ach an Schlagobers?

**Ehefrau** *(gießt Kaffee aus)*
Na, Sahne is ma ausganga."

**Ehemann** (bissig)
Du wärst besser ausganga als da Schlagobers."

**Ehefrau**
Wie moanst denn dös jetzt?"

**Ehemann** *(gehässig)*
Du hättst besser vor dem Backen olls eingholt."

**Ehefrau** *(gelassen)*
Ach so. Na ja, i hobs net aufm Zettel drauf ghabt."

*Beide beginnen Kuchen zu essen und Kaffee zu trinken. Die Ehefrau blättert im Weihnachtsprogramm der Wiener Oper.*

**Ehefrau** *(begeistert)*
Du, die Wiener Oper hot an tolles Programm über die Weihnachtstog. Tschaikowskis Nussknackerballett, das Weihnachtsoratorium und die Zauberflöte. Bestimmt is wieder olls ausverkauft."

**Ehemann** *(referiert)*
Jo, des is guat fürs Gschäft. Do kuman die feinen Herrn mit die Damen und lossen sich durch Wien kutschieren. Dös gibt a scheenes Trinkgöld."

**Ehefrau** (bestätigt)
Fiaker müsst ma sein. *(seufzt voller Sehnsucht9* Wos meinst, solln wir auch in die Oper gehn?"

**Ehemann** *(entrüstet)*
Wos, du und i, in die Oper?"

**Ehefrau** *(schwärmt)*
Warum net? Do könnt i endlich wieder mein schickes Kleid und den Nerzmantel auftragen."

**Ehemann** *(entgegnet schroff)*
Dös konnt's auch ohne die Oper. Gehst mit dem oiden Mantel von der Tanta Ida halt in den Prater.

**Ehefrau** *(verärgert)*
Oider Mantel? Wos kann i denn dafür, dass du mir keinen gscheiten Mantel schenkst?

**Ehemann** *(verteidigend)*
Jo bin i vielleicht a Göldspucker oder an Fiaker?

**Ehefrau** *(schwärmt wieder)*
Jo, jo, is scho recht, ober die Leit im Parkett, weißt, die schauen immer so feierlich aus.

**Herr Hollischek** *(regt sich auf)*
Na servas, wann i die in der Kutschen sitzen hob, san di goar net feierlich. Do redens nur gschwollen doher. Und die so gonz nobel san, stehn am Würschtlstand, verdrücken die Debreciner und geben ka Trinkgöld.

**Ehefrau** *(grittelt)*
So, so. Wann i mit dir im Fiaker sitzen tät, würds du dann a Trinkgöld gebn?

**Herr Hollischek** *(stellt fest)*
I red von die noblen Herrn, net von am Fiaker!

**Ehefrau** *(spitzfindig)*
So, so. San die Fiaker net nobel? Bist deshalb so grantig? Host vielleicht Angst, i würd di für an noblen Herrn holten?

**Ehemann** *(etwas genervt)*
Wos moanst dann domit? An Fiaker is wos Bsondres, der foart nur in Wean.

**Ehefrau** (räsoniert)
A Kutscher is a Kutscher.

**Ehemann** *(erregt)*
Wos haast, a Kutscher is a Kutscher? An Fiaker foart die holbe Wölt durch Wean, von der Oper zum Heurigen, vom Lusthaus zum Stephansdom. Oll Leit hob i schon durch Wean gfoarn. Do soll a Fiaker nix Besondres sein?

**Ehefrau** *(erklärt)*
I hob net gsogt, dass du nix Besondres wärst.

**Ehemann** *(besänftigt)*
So? Host net?

**Ehefrau** *(wiederholt)*
Na, i hob gsogt, dass du an Kutscher bist.

**Ehemann** *(empört)*
Jo, a Kutscher is a Kutscher, host gsogt. Als wenn i net nobel sein könnt. Wann i in die Oper mit dir gehn würd, tät i jedenfalls an Champagner trinken und net so an gzuckertes Wasser un außerdem tät i an Weaner Schnitzel bestölln anstatt am Würschtlstand umadum stehn un den Senf vom Finger schlecken.

**Ehefrau** *(verschmitzt)*
An Fiaker geht also doch in die Oper, trinkt Champagner und ißt Weaner Schnitzel?

**Ehemann** *(bestätigt)*
Dös hob i gsogt.

**Ehefrau** *(voll Freude)*
Hob i doch gwusst, dass'd nobel sein kannst, wennst willst. Dann bestöll i jetzt Karten für die Zauberflöte von Mozart und an Tisch im Restaurant Albertina.

**Ehemann** *(grantelt wieder)*
Mozart, wieso denn Mozart? Bist a Weanerin oder a Salzburger Nockerl?

**Ehefrau** *(entgegnet)*
Bist du an Fiaker oder an Kutscher?

# Ein nobler Herr

Frau Hollischek erwartet Besuch von ihrer Nichte Lissy. Da Herr Hollischek dem ganzen Gespräch aus dem Weg gehen möchte, soll sie mit ihr auf den Weihnachtsmarkt gehen. Dafür benötigt Frau Hollischek jedoch Geld.

**Rollen:**
Elisabeth Hollischek
Herr Hollischek

**Bühnenbild:**
Küche, Tisch, 2 Stühle

**Requisiten:**
2 Stühle, Tisch, Zeitung, Adventsgesteck auf dem Tisch, Geldscheine, Geldbörse

**Kostüme:**
Herr Hollischek: Latzhose, kariertes Hemd
Frau Hollischek: Dirndl

**Dauer:**
6-8 Minuten

Herr Hollischek sitzt am Tisch und liest in der Zeitung. Ehefrau Elisabeth Hollischek kommt herbeigeeilt und hat die Post in der Hand.

**Frau Hollischek** *(freudig erregt)*
Max, Max, stell dir vor, die Lissy kommt nach Wien, um uns zu besuchen."

**Herr Hollischek** *(schaut auf)*
Die Lissy, na servas, dieses überkandidelte Plappermaul? Wenn die kommt, moch i drei Schichten."

**Frau Hollischek** *(stutzt)*
Wieso, die Lissy ist wie die Tante Ida und die host doch gern ghobt."

**Herr Hollischek** *(erklärt)*
Jo, die hott a net ununterbrochen daher gredt."

**Frau Hollischek** *(beschwichtigend)*
Weist wos, i geh mit der Lissy bummeln, übern Weihnachtsmarkt und dann in a Kaffeehaus."

**Herr Hollischek** *(beruhigt)*
Dös mochst. Donn hob i a mei Rua."

**Frau Hollischek** *(spitzfindig)*
Du und dei Rua. Wenns net auf'm Bock sitzt, gehst eh zum Heurigen."

**Herr Hollischek** *(regt sich auf)*
Wie moanst jetzt dös? I werd doch wohl nach am anstrengenden Tag a Glaserl Wein trinken dürfen."

**Frau Hollischek**
Is scho recht. Um dir dei Rua zu lassen, brauch i aber für den Bummel a Göld.

**Herr Hollischek**
A Göld. Na servas. (*Er greift nach seinem Geldbeutel, nimmt zehn Euro heraus und legt ihn auf den Tisch.*) Do host a Göld.

**Frau Hollischek** *(verdutzt)*
Wie a Göld? Zehn Euro?

**Herr Hollischek**
Dös langt für'n Kaffee mit Schlagobers.

**Frau Hollischek**
Für'n Kaffee mit an Schlagobers? Du mochst Scherze. I hob gsogt, dass i mit der Lissy bummeln geh oder willst, dass i mit ihr heimkomm?

**Herr Hollischek**
Na gut, dann halt's Doppelte für a Stickerl Sachertorten. *(Nimmt einen weiteren Schein aus der Geldbörse und legt ihn auf den Tisch.)*

**Frau Hollischek**
Wos soll i mit zwanzig Euro. Glaubst vielleicht, dass i im Kaufhaus dafür irgendwas kriag?

**Herr Hollischek**
Einen Schal wirst scho dafür kriagen.

**Frau Hollischek** *(empört)*
Wos, i soll mir einen Schal kaufen? Bist noch gscheit?

**Herr Hollischek**
Nur weil die Lissy kommt, werd i net zum Göldpucker werden.

**Frau Hollischek**
Du und a Göldspucker. Des i net loch.

**Herr Hollischek**
Wie moanst jetzt dös? A Fiaker verdient a guat's Stickerl Göld. Deswegen muss du's noch long net zum Fenster raus werfen.

**Frau Hollischek** *(hänselt)*
Wennst meinst. Donn komm i mit der Lissy halt zum Heurigen. Bei deiner Zeche fällt dös net weiter auf.

**Herr Hollischek** *(verschreckt)*
Dös mochst net. Dann konn i nix mehr trinken."

**Frau Hollischek** *(bestimmt)*
I geh jedenfalls net mit zwanzig Euro bummeln. Wer an Nerzmantel trägt, brauch auch a Bargöld."

**Herr Hollischek**
Jetzt muss i lachen. Der olde Mantel von der Tante Ida is doch schon ganz abgetragen. Da sieht ma schon's blanke Leder. Am besten, du ziehst ihn net an, sonst blamierst mich noch bei der Lissy.

**Frau Hollischek**
Blamieren? I hob aber kaan andren Mantel als das Erbstück von der Tante Ida.

**Herr Hollischek**
Dann kaufst dir holt a neuen.

**Frau Hollischek**
Gut, dann geh i mir jetzt an vernünftigen Mantel kaufen. Dös kost aber scho was.

**Herr Hollischek** *(grummelt)*
*Er greift wieder in den Geldbeutel. Er legt dreihundert Euro auf den Tisch.*
Na servas, dös iss a teurer Besuch! So, dös wird ja jetzt wohl ausreichen. Es muss jo ka Nerzmantel net sein.

**Frau Hollischek** *(lobt)*
Hob i doch gwusst, dass du großzügig sein kannst. Sonst wärst auch kein Fiaker, die san nämlich alle nobel.

**Herr Hollischek** *(fühlt sich geschmeichelt)*
Is scho recht. Als Fiaker weiß ma eben, was sich ghört.

**Frau Hollischek**
Dank dir schön, mein nobler Herr Fiaker. (*Sie küsst ihn auf die Wange.*) Die zwanzig Euro kannst behalten. Damit im Heurigen an mi denkst.

# Das große Vorbild

Herr Hollischek erhält während der Corona-Pandemie vom Wiener Rathaus einen Brief. Er soll für sein Fuhrwerk ein Hygienekonzept vorlegen.

**Rollen:**
Elisabeth Hollischek
Herr Hollischek

**Bühnenbild**
Küche, Tisch, 2 Stühle

**Requisiten**
2 Stühle, Tisch, Zeitung, Adventsgesteck Briefe, Weißwein, 1 Glas

**Kostüme**
Herr Hollischek: Latzhose, kariertes Hemd
Frau Hollischek: Dirndl

**Dauer**
6-8 Minuten

Elisabeth Hollischek sitzt am Tisch und liest in der Zeitung. Herr Hollischek kommt herbeigeeilt, hat einen Brief in der Hand. Er öffnet den Brief.

**Herr Hollischek**
So wos, die Stadt Wien schreibt mir einen Brief." *(nimmt ein Schreiben heraus)*

**Frau Hollischek**
Wos, der Stadtvater? Host was angstellt? Host die Poback-Schürz für die Pferdeäpfel net angmacht?

**Herr Hollischek**
Wos redst dann do? Bei mir is olls vorbildlich. Do gibt's ka Schmuh!

**Frau Hollischek**
Jo, wennst meinst. Du bist das große Vorbild von Wien. Wos schreibt a denn, der Herr Bürgermeister?

**Herr Hollischek**
Sehr verehrter Herr Hollischek. Die Stadt Wien möchte Ihnen für Ihren vorbildlichen Einsatz danken. Wir alle wissen, dass die Beförderung der Gäste für Stadt Wien von großer Bedeutung ist. Damit dies auch so bleiben kann, bitten wir Sie, in der laufenden Saison darauf zu achten, dass die Gäste genug Abstand zueinander halten. Wir möchten nicht, dass in Wien eine Infektionswelle anrollt wie in Ischgl. Schicken Sie uns deshalb Ihre Hygienekonzeption zur Genehmigung zu.

**Frau Hollischek**
Na servas, dös kann ja heiter werden.

**Herr Hollischek** *(steht auf und schimpft)*
Heiter? Dös is ja, dös is ja so ein Blödsinn! Abstand, in a Kutschn? Sans die jetzt olle verrückt gworden? Außer dem Futtermittelpaket hot kaana dös gonze Johr wos gsogt und sich gekümmert, goa nix is von dena kummen und jetzt soll i vier Wochen vor Weihnachten a Hygienekonzept vorlegen? I glaubs ja net.

*(Herr Hollischek greift sich vor lauter Aufregung ans Herz und keucht laut.)*
**Frau Hollischek** *(besorgt)*
Wos regst di dann so auf? Komm, hock die nieder, i bring dir an Viertele.

*Frau Hollischek geht kurz von der Bühne und holt eine Weinflasche mit Glas. Sie stellt alles auf den Tisch und gießt das Glas ein.*

**Herr Hollischek** *(setzt sich hin)*
Wos soll ma sich do net aufregen. Der Ausfall im Frühjahr und über Sommer hot gnug gekostet. Jetzt machen die mir das ganze Weihnachtsgschäft kaputt! Diese depperten Verwaltungsbeamten!

**Frau Hollischek**
Do, trink a Schluck auf den Schrecken.

*(Herr Hollischek trinkt das Glas auf einmal aus und stellt es wieder hin.)*

**Herr Hollischek**
Konnst ma noch a Schluck einschenken? I bin erledigt.

**Frau Hollischek** *(gießt nach)*
Weißt wos, du gehst jetzt zur Stadtverwaltung und erklärst denen, dass dös net geht. Ihr tragts ja eh schon alle Masken!

**Herr Hollischek** *(trinkt das Glas wieder aus)*
War dös vielleicht der Krampus des Wiener Nikolo? Wanns mit der Bim foan, sogt koana wos. Do reicht a Maske aus.

**Frau Hollischek**
Der Krampus soll sich das ausgedacht haben? Dann hättst jo wos angstellt?

**Herr Hollischek**
Wie, was soll i angstellt haben. I bin dös Vorbild für alle jungen Fiaker. Bei mir läuft olls nach Vorschrift.

**Frau Hollischek** *(süffisant)*
So, so. Und wos ist mit dem Trinkgöld? Tust dös deklarieren?

**Herr Hollischek**
Deklarieren? I zahl gnug Steuern. Außerdem ist dös auch für dich an Toschengöld.

**Frau Hollischek**
Für mi? Seid wann kriag i von dir Taschengöld vom Trinkgöld ab?

**Herr Hollischek**
Seit dem i di als Reinigungskraft für die Kutschen angeb.

**Frau Hollischek**
So, so. Seit wann mochst das denn schon so?

**Herr Hollischek**
Seitdem dös Trinkgöld zum Einkommen dazu ghört.

**Frau Hollischek**
Kein Wunder, dass der Nikolo nicht gut auf dich zu sprechen ist. I wüsst, wie du dös wieder gutmachen konnst?

**Herr Hollischek**
So, wie soll dös gehen?

**Frau Hollischek**
Ja, i kriag a schöne Nachzahlung und die Stadt zieht die Auflagen wieder zruck.

**Herr Hollidchek**
Du glaubst wohl tatsächlich an den Weihnachtsmann. An Versuch wärs ja wert. I geb dir a Nachzahlung seit der Coronakrise.

**Frau Hollischek**
Wos, da kommt nix bei raus. Do musst scho tiefer in die Toschen greifen. Denk dran, der Nikolo sieht und hört olls.

**Herr Hollischek**
Na gut, i geb dir fünfhundert Euro als Pauschale fürs Erste.

**Frau Hollischek**
Und dann jeden ersten die Hölfte vom Trinkgöld?

**Herr Hollischek**

A viertel täts auch.

**Frau Hollischek**

Also gut, a viertel, mindestens aber fünfzig Euro im Monat. Dös könnt den Nikolo und den Krampus umstimmen und du brauchst ka Hygienekonzept.

**Herr Hollischek**

Wers glaubt, wird selig. Wenns Finanzamt frogt, must du aber bestätigen, dass du meine Reinigungskraft bist. Sonst muss I nachzohlen.

**Frau Hollischek**

Welche Ehefrau ist dös net?

*Es klingelt.*

**Herr Hollischek**

Jo, wer is dös denn jetzt? I geh scho.
*Herr Hollischek geht kurz von der Bühne und kommt mit einem Brief zurück.*

**Frau Hollischek**

Wos ist denn das jetzt für an Brief?

**Herr Hollischek**

Dös war an Einschreiben. (Er *öffnet den Brief und entnimmt das Schreiben*)

**Frau Hollischek**

Dann lies mal vor.

**Herr Hollischek** *(liest vor)*

Sehr geehrter Herr Hollischek. Wir informieren Sie darüber, dass die letzte Post von uns ein Irrtum war. Die Aufforderung zur Vorlegung eines Hygienekonzepts war nicht an die Fiaker adressiert. Das war das Schreiben an die Öffis, also Bus, Bahn und Bims im April. Unser automatischer Serienbrief hat eine falsche Vorlage bzw. Adresse gezogen. Wir bedauern, Ihnen Umstände gemacht zu haben und senden Ihnen stattdessen den Brief vom Wiener Nikolaus mit den besten Grüßen für Ihr vorbildliches Verhalten gegenüber Ihrer Stadt und Ihrer Familie. Wir wünschen

Ihnen ein gutes Weihnachtsgeschäft. PS: Der Termin zur Abgabe der Steuererklärung für 2020 wird aufgrund der Coronakrise um vier Monate verlängert. Ihre Stadtverwaltung Wien.

**Frau Hollischek**
Na, glaubst jetzt vielleicht an den Nikolaus?

# Maroni fürs Herz

Ein Maronibauer bietet kurz vor Weihnachten Frau Hollischek seine Edelkastanien an. Frau Hollischek kauft sie. Der Ehemann kommt nach Hause, es entwickelt sich ein Gespräch über die aktuellen Preissteigerungen.

**Rollen:**
Elisabeth Hollischek
Herr Hollischek
Maronibauer

**Bühnenbild:**
Küche, Tisch, 2 Stühle, Garderobenständer

**Requisiten:**
2 Stühle, Tisch, Korb, Rezepthefte, Kastanien, Geldbörse Geldscheine

**Kostüme:**
Herr Hollischek: Latzhose, kariertes Hemd
Frau Hollischek: Dirndl
Maronibauer: Arbeitshose, Arbeitshemd

**Dauer:**
6-8 Minuten

Frau Hollischek sitzt am Küchentisch mit Rezeptheften.

**Frau Hollischek** *(ist gerade dabei, das Weihnachtsmenue zu kreieren)*
Jo, wos soll i nur kochen, a Tafelspitz oder Wiener Schnitzel?"

*(Es klopft an der Tür)* **Frau Hollischek**
„Ja, ja, I komm scho." *Sie geht zur Tür und öffnet.*

**Maronibauer** *(Ein älterer Herr hält einen Korb voller Maronen hoch)*
„Gute Frau, I hob wos Leckres zum Fest. Schauns her, das sind die besten Maronen, die ich heuer geerntet hab. Es sind so viele, dass ich sie direkt anbiete, damit sie net verkommen."

**Frau Hollischek** *(staunt)*
Bittschön, kommens doch rein. Jö Maroni. Do müsst I das Festmenue umstellen.

**Der Maronibauer stellt den Korb ab.**
Machens doch Maroniknödel zur Gans mit Apfelrotkohl.

**Frau Hollischek überlegt**
Hm, Maroniknödel. Da müsst I erst an Rezept suchen.

**Maronibauer**
Dös is gonz einfach. Erdäpfel kochen, pressen, verkneten mit Mehl, Goldgries, Eidotter, Butter, Maisstärke, a bisserl Muskatnuss und a bisserl Salz. Dann passieren Sie das Maronimark durch ein Sieb, verrühren es mit Rum, Staub- und Vanillezucker und stellen es kalt. Dann rollens den Teig aus, stechens Scheiben aus, formens aus der Maronimasse Kugerln und setzen die auf die Teigscheiben drauf. Jetzt brauchens nur noch große Kugel formen und im Salzwasser ziehen lassen.

**Frau Hollischek:**
Da läuft einem ja das Wasser im Mund zusammen. Jö, das is a schöne Sach. Gut I kauf a Schüssel voll. Wartens bittschön, I hol sie.
*(Frau Hollischek will sich umdrehen, um das Geld zu holen.)*

**Maronibauer**
Wartens, do, nehmans den ganzen Korb. Sie kriagn ihn auch für zehn Euro.

**Frau Hollischek** *(staunt)*
So wos, jo guat. Dös moch ma. *(Sie geht hinter die Bühne, nimmt die Geldbörse und einen eigenen Korb.)*

**Frau Hollischek** *(stellt den Korb auf den Tisch)*
Do könnens umfüllen. *(Der Maronibauer schüttet sie um.)*

**Frau Hollischek** *(holt das Geld aus der Geldbörse)*
Bittschön, ihr Göld. Und vielen Dank für das Sonderangebot und das Rezept. *(Sie überreicht ihm den Schein.)*

**Maronibauer**
Ist schon gut. Lassen Sie es sich gut schmecken.

**Frau Hollischek:**
Dann wünsch ich ihnen frohe Christtage und ein schönes Fest.

**Maronibauer**
Das wünsch ich ihnen auch. Frohe Weihnachten. *(geht von der Bühne ab.)*

*Herr Hollischek kommt von der Arbeit nach Hause. Er zieht die Stiefel von den Füßen, hängt seinen Mantel auf und setzt sich an den Tisch. Auf dem Tisch stehen die Edelkastanien.*

**Herr Hollischek** *(sieht über den Tisch und staunt)*
Jo, wos is denn das?

**Frau Hollischek** *(verkündet stolz )*
Du, heut war a Händler an der Tür. Der hott mir doch tatsächlich an ganzen Korb Maroni für zehn Euro verkauft.

**Herr Hollischek**
So, so. Wos mochst denn mit den ganzen Maroni. Willst beim Ottakringer Weihnachtszauber mitmachen?

**Frau Hollischek** *(lacht)*
Dös is gar keine schlechte Idee. Donn könnt I was dazu verdienen.

**Herr Hollischek** *(grantelt)*

Wieso das denn? Die Ehefrau eines Fiakers muss ka Göld verdienen. Reicht das Haushaltsgöld net aus?

**Frau Hollischek**

Wenns so frogst, a bisserl mehr wär net schlecht.

**Herr Hollischek** *(erklärt)*

A bisserl mehr? Reichts Toschengöld net, dassd noch wos dazu verdienen willst? Du weißt, I bin ka Göldspucker.

**Frau Hollischek**

Na, dös woarst noch nie. Wenns ums Göld geht, host ka Herz mehr. Do konn I noch so oft in Kirchen rennen und für di beten.

**Herr Hollischek** *(ist irritiert)*

Wie, du betest für mi in da Kirchn?

**Frau Hollischek**

Ja, I will doch, dassd in Himmel kommst.

**Herr Hollischek**

Warum soll I net in Himmel kommen. I bin a treuer Staatsbürger, zahl meine Steuer und dir a Haushaltsgöld und Toschengöld.

**Frau Hollischek** *(grinst)*

Jo scho. Aber olls ist knapp bemessen. Gegen di is a Geizhals a Musterschüler.

**Herr Hollischek** *(ist gekränkt)*

Wos, I a Geizhals? I? Host noch imma olls kriagt, wos brauchst. Oder net?"

**Frau Hollischek**

Jo scho. I muss nur immer nochfrogn, wanns net reicht. Du host vergessen, dass olls teurer gworden is. Do is es scho a Wunder, dass I für zehn Euro soviel Maroni kriag hob. Vielleicht war dös jo da Krampus als Bauer verkleidet. Wenigstens reichts auch noch für an Kuchen, wo's Mehl doch auch teurer gworden is.

**Herr Hollischek:**
Du redst, als ob I net für uns sorgen tät. Wos fehlt dir denn?

**Frau Hollischek:**
Wenns scho frogst, I brauch neue Stiefel fürn Winter und a neue Handtoschn wär auch net schlecht.

**Herr Hollischek** *(krittelt)*
Reichts Toschengöld net. Wos mochst dann mit dem ganzen Göld?

**Frau Hollischek**
Dös Toschengöld geb für den Haushalt aus. Olls is doch teurer gworden, oder host dös gar net mitkriagt.

**Herr Hollischek** *(bekommt ein schlechtes Gewissen)*
Jo warum sogst dann dös net. I bin doch ka Unmensch.

**Frau Hollischek**
Fiaker verdienen net so gut, host neulich noch gsogt. I will di doch net aussaugen. Da opfere ich holt dös Toschengöld.

**Herr Hollischek**
Dös brauchst wirklich net. An Fiaker kann seine Familie gut versorgen. Herr Hollischek kramte in seinen Schrank und nahm eine Mappe heraus.

**Herr Hollischek**
So, do host noch an Hunderter. Er legte einen Geldschein auf den Tisch.

**Frau Hollischek**
Wos, an Hunderter? Wenn I nachdenk, hob I schon die letzten drei Monate dös Toschengeld in den Haushalt gesteckt.

**Herr Hollischek**
Wie drei Monate? Dös wären ja..

**Frau Hollischek** *(fällt ihm ins Wort)*
Genau. Aber wenns fürs Erste die Stiefel und a neue Toschen zahlst, reicht a Erhöhung um monatlich zweihundert Euro aus."

**Herr Hollischek** (ist verunsichert)
Jo wos kost denn dös alles?

**Frau Hollischek** *(lächelt)*
Am besten, du gibst mit die Kreditkartn, dann konn I einkaufen gehen und du gibst mir ab jetzt zweihundert Euro mehr im Monat.

**Herr Hollischek**
Gib aber net zu viel aus, sonst is fürs Weihnachtsessen nix mehr übrig.

**Frau Hollischek**
Na, dafür hob I doch gsorgt. Es gibt Gans, Apfelrotkohl und Maroniknödel. Und zum Kaffee a Maronigugelhupf.

**Herr Hollischek**
Jo host dann überhaupt a Rezept für die Knödel?

**Frau Hollischek**
Wos glaubst, weshalb der Krampusbauer geklopft hot?

**Herr Hollischek**
Was weiß I. Vielleicht um a Weaner Hausfrau zu verwirren mit seinen Edelkastanien.

**Frau Hollischek**
Oder um an Weaner Fiaker darin zu erinnern, dass an Weihnachten a guats Herz das Wichtigste ist.

**Herr Hollischek** *(Jetzt fühlt sich Herr Hollischek äußerst unwohl. Er kramte in seiner Mappe und nimmt weitere Geldscheine heraus.)*
Do host noch dreihundert extra. Konnst dir noch was für Weihnachten aussuchen. Für meine Frau ist mir nix zu teuer." *(Herr Hollischek legte das Geld und die Kreditkarte auf den Tisch.)*

**Frau Hollischek**
Hob I doch gwusst, dass du a guats Herz host. Schließlich bist a Weaner Fiaker und die haben olle a guats Herz.

# Frau Oberbürgermeisterin und Frau Weber

Die Oberbürgermeisterin der saarländischen Landeshauptstadt bespricht mit ihrer persönlichen Referentin, die auch Pressesprecherin ist, die Probleme der Stadt.

# Die Adventsfeier

Frau Oberbürgermeisterin möchte sich gerne über die Organisation der Adventsfeier erkundigen und bittet die persönliche Referentin ins Büro.

**Rollen:**
Frau Oberbürgermeisterin
Frau Weber, Pressesprecherin

**Bühnenbild:**
Büro der Oberbürgermeisterin, Tisch, 2 Stühle, Telefon, Akten

**Requisiten:**
2 Stühle, Tisch mit Akten, Telefon

**Kostüme:**
Frau Oberbürgermeisterin: Kostüm
Frau Weber: Bürokleidung

**Dauer:**
6-8 Minuten

*Frau Oberbürgermeisterin sitzt am Bürotisch und wählt.*

**Oberbürgermeisterin**
Die Weberin soll reinkommen.

**Frau Weber**
Guten Morgen Frau Oberbürgermeisterin.

**Oberbürgermeisterin**
Guten Morgen Weberin. Ist für die Adventfeier alles vorbereitet?

**Frau Weber**
Ja, die Kerzen sind alle gekauft.

**Oberbürgermeisterin**
Wie, welche Kerzen?

**Frau Weber**
Die Kerzen für die Adventsfeier.

**Oberbürgermeisterin**
Weberin, wir können nur elektrische Kerzen brennen lassen, Brandschutzbestimmung!

**Frau Weber**
Der Umweltschutz, dachte ich, müsste in diesem Jahr vorgehen. Deshalb wird das Rathaus heute Abend von Kerzen erhellt.

**Oberbürgermeisterin**
Weberin, das geht nicht. Das ist gegen die Vorschrift!

**Frau Weber**
Ich halte mich lieber an die Nachschrift: Hier regierte Frau Oberbürgermeisterin mit den hellsten Köpfen.

**Oberbürgermeisterin**
Also bitte, Weberin, was soll denn das?

**Frau Weber**

Soll in ihrem Nachruf vielleicht stehen, dass sie Energie verschwendet hätten? Stellen sie sich mal vor, die Landeshauptstadt als Energiefresserin.

**Oberbürgermeisterin**

Sie wissen genau, was die Brandschutzauflagen für Ärger machen. Der Umbau der HTW wird deshalb in die Geschichte eingehen.

**Frau Weber**

Der Umweltschutz ist in diesem Jahr höher zu bewerten, seitdem das Schwedenkind Greta das Klima vergiftet.

**Oberbürgermeisterin**

Die kleine Greta tritt für die Zukunft der Jugend ein.

**Frau Weber**

Eben. Deshalb brennen an diesem Abend nur Kerzen. Stellen sie sich vor, Greta wäre hier.

**Oberbürgermeisterin**

Das will ich mir nicht vorstellen.

**Frau Weber**

Dann stellen sie sich vor, neben ihren Beschäftigten ständen auch deren Kinder.

**Oberbürgermeisterin**

Die Adventsfeier ist doch kein heiliger Abend.

**Frau Weber**

Seitdem sich die Kosten für den Neubau des Ludwigsparks verdreifacht haben, ist hier nichts mehr heilig.

**Oberbürgermeisterin**

Da sehen sie es. Wir müssen uns an die Vorschriften halten, sonst fliegen uns die Brandschutzbestimmungen um die Ohren.

**Frau Weber**
Anstatt dessen dann wohl der Haushalt.

**Oberbürgermeisterin**
Wieso Haushalt. Der ist doch genehmigt. Der kann uns nicht mehr um die Ohren fliegen.

**Frau Weber**
Wenn die Zinseszinsen nicht mehr aufzubringen sind, brennt es nicht nur im Staate Dänemark.

**Oberbürgermeisterin**
Wir werden eine Teilentschuldung bekommen. Das hat man mir in Berlin hoch und heilig versprochen.

**Frau Weber**
Wenn denen in Berlin das Versprechen so heilig ist wie ihnen die Adventsfeier, geht uns der Strom bald ganz aus.

**Oberbürgermeisterin**
Wenn sie unbedingt sparen wollen, werden halt nur vier Adventskerzen brennen, elektrische wohlgemerkt.

**Frau Weber**
Bei den vielen Heiligenscheinen wäre eine Festbeleuchtung völlig überflüssig.

**Oberbürgermeisterin**
Heiligenscheine, wer hat denn hier einen Heiligenschein an?

**Frau Weber**
Alle, die Wasser predigen und Wein trinken.

**Oberbürgermeisterin**
Gut, dann ist der Glühwein auch gestrichen. Sonst noch was?

**Frau Weber:**
Eine Adventsfeier, bei der nur vier elektrische Adventskerzen brennen und es keinen Glühwein gibt, wird bei den Beschäftigten nicht sonderlich ankommen. Da werden wir wohl unter uns bleiben.

**Oberbürgermeisterin**
Was zählt, ist das Angebot, nicht die Anwesenheit der Beschäftigten. So erfüllen wir unsere Arbeitgeberpflicht.

**Frau Weber**
Wenn der liebe Gott nur seine Pflicht erfüllt hätte, wäre sein Sohn nicht zur Welt gekommen. Es gäbe gar kein Weihnachtsfest. Die Menschheit würde nicht erlöst werden.

**Oberbürgermeisterin**
Also schön, zünden sie Kerzen an, schenken sie Glühwein aus und damit Sie Ruhe geben, bestellen sie auch noch Schnittchen und Weihnachtsstollen. Um den Brandschutzbestimmungen zu genügen, soll die Feuerwehr vorsorglich ein paar Männer im Rathaus postieren und deklarieren sie das Ganze als vorgezogene Brandschutzübung. Dann haben wir diese bereits für das nächste Jahr abgehakt.

**Frau Weber**
Schön und gut. Das Problem ist aber, dass die Feuerwehr unterbesetzt ist und wir dafür gar kein Personal haben. Die Zeitarbeiter können wir nur für Noteinsätze aktivieren und die Kollegen mit den befristeten Arbeitsverträgen haben wir alle in den Urlaub geschickt.

**Oberbürgermeisterin**
Ist das so? Dann sichern sie den Zeitarbeitern und den anderen Feuerwehrleuten eine feste Anstellung zu. Ist das jetzt genug, Weberin?

**Frau Weber**
Das nenn ich eine umsichtige Politik, Vergnügen und Pflicht miteinander zu verknüpfen und daraus auch noch Kapital schlagen.

**Oberbürgermeisterin**
Ich nenne das, zwei Fliegen mit eine Klappe schlagen.

**Frau Weber**
Dann können wir also die offenen Stellen der Feuerwehr wieder fest besetzen und die befristeten Arbeitsverträge in feste umwandeln?

**Oberbürgermeisterin**

Ja, in Gottes Namen. Veranlassen Sie alles. Die Genehmigung durch den Stadtrat holen wir in der nächsten Sitzung nach.

**Frau Weber**

Mein Gott, die werden sich vielleicht freuen. Und erst deren Kinder und all die kleinen Gretas und Peters in Saarbrücken. Das nenn ich eine tolle Weihnachtsüberraschung. Diese Adventsfeier wird auch in die Geschichte eingehen.

# Herrscher des Himmels erhöre das Lallen

Die Stadt Sankt Wendel hatte eine Delegation der saarländischen Landeshauptstadt Saarbrücken auf den Sankt Wendeler Weihnachtsmarkt eingeladen. Frau Oberbürgermeisterin will sich bei ihrer Pressesprecherin erkundigen, wie der Besuch verlaufen ist.

**Rollen:**
Frau Oberbürgermeisterin
Frau Weber, Pressesprecherin

**Bühnenbild:**
Büro der Oberbürgermeisterin, Tisch, 2 Stühle, Telefon

**Requisiten:**
2 Stühle, Tisch mit Akten, Telefon

**Kostüme:**
Frau Oberbürgermeisterin: Kostüm
Frau Weber: Bürokleidung

**Dauer:**
6-8 Minuten

*Frau Oberbürgermeisterin sitzt am Schreibtisch und wählt.*

**Oberbürgermeisterin**
Die Weberin soll reinkommen.

**Frau Weber** *(Frau Weber kommt mit Akten unter dem Arm auf die Bühne.)*
Guten Morgen Frau Oberbürgermeisterin.

**Oberbürgermeisterin**
Guten Morgen Weberin. Wie war der Ausflug auf den Sankt Wendeler Weihnachts-markt? Haben unsre Gruppen uns gut vertreten?

**Frau Weber***(Frau Weber setzt sich und legt die Akten ab.)*
Sagen wir mal, wir sind zurechtgekommen.

**Oberbürgermeisterin**
Zurechtgekommen? Was ist das für eine Aussage. Hat es keinen Spaß gemacht?

**Frau Weber**
Spaßig war es wirklich, das kann man so sagen.

**Oberbürgermeisterin**
Was meinen Sie denn damit?

**Frau Weber**
Wir waren alle wohlgestimmt und eingesungen, als wir mit dem Reisebus auf dem Busparkplatz in Sankt Wendel ankamen, der Bürgermeister von Dudweiler, die Kol-legen des Amtes für Entwicklungsplanung als Mandelspatzen unter der Chorleitung der Amtsleiterin, die Kollegen des Amtes für Stadtgrün und Friedhöfe als fliegende Engel und die Kollegen vom Amt für Kinder und Bildung als trommelnde Hirtenbu-ben mitsamt der Abteilung für Brand- und Zivilschutz als Geleit.

**Oberbürgermeisterin**
Na, das war doch schön.

**Frau Weber**
Schön war, dass der Bus so nahe am Weihnachtsmarkt parkte. Unsere Delegation stieg aus und trommelte Schritt für Schritt in Richtung Marktplatz. Am Stand der

Handwerkerzunft scharten sich die Trommeljungen um den Schmied und stellten die Trommeln hinter sich ab.

**Oberbürgermeisterin**
Dienstbeflissen nenn ich das, geradezu vorbildlich, am Markt der städtischen Konkurrenz teilzunehmen und ihn auch noch zu bewundern.

**Frau Weber**
Vorbildlich ja. Leider hatte die städtische Kita gerade mit einem Geschenkesuchspiel begonnen. Da die Trommeln so schön geschmückt beiseite standen, dachten die Kinder, das seien Geschenke und begannen, die Trommeln auszupacken.

**Oberbürgermeisterin**
Wie auspacken, waren die etwa noch eingewickelt?

**Frau Weber**
Eben nicht. Die Kinder dachten, die gespannte Trommelhaut sei die Verpackung und schnitten alle Trommeln auf.

**Oberbürgermeisterin**
Ach du lieber Gott! Das fing ja gut an. Hoffentlich ist sonst alles gut gegangen?

**Frau Weber**
Nicht ganz. Unsere fliegenden Engel flogen durch die Gässchen von einem Stand zum anderen und tanzten wild um den goldenen Glühweintrog. Derweil sammelten die Mandelspatzen die halbleeren Glühweinbecher als Ersatz für die Trommeln ein und leerten sie bis auf den Grund, damit der Ton stimmt.

**Oberbürgermeisterin**
Sagen Sie mal, was hat denn der Bürgermeister aus Dudweiler da gemacht. Hat er nicht eingegriffen und das Trinkgelage aufgelöst?

**Frau Weber**
Eingegriffen schon. Der hat ständig für Nachschub gesorgt getreu dem Motto, sehet die Vögel am Himmel, sie säen nicht, aber sie trinken doch. Als alle Hirtenbuben genügend Trommelbecher eingesammelt hatten, schwankte sie zur Bühne, allen voran die flatterenden Engel, unterstützt vom Gesang der Mandelvögel.

**Oberbürgermeisterin**

Immerhin hat der Chor gesungen, Weberin, das war bestimmt eine Meisterleistung.

**Frau Weber**

Gesungen konnte man das nicht mehr nennen, eher ein Lallen. Was aber nicht so schlimm war, schließlich heißt es ja bei Bach, Herrscher des Himmels erhöre das Lallen.

**Oberbürgermeisterin**

Hat der Dudweiler Bürgermeister sich wenigstens für die Einladung bei der Sankt Wendeler Delegation bedankt?

**Frau Weber**

Er trat nach dem Lallen unserer Mandelspatzen unter dem Klopfen der Glühweinbecher unserer Hirtenbuben an das Mikrophon und verkündete großherzig, dass Sie, Frau Oberbürgermeisterin, zum Dank für die Einladung sich mit einer Gegeneinladung zum Max-Ophüls-Festival revanchieren würden.

**Oberbürgermeisterin**

Da sehen sie's, Schadensbegrenzung kann er, der Herr Kollege, immerhin.

**Frau Weber**

Schadensbegrenzung betrieb dann auch das rote Kreuz.

**Oberbürgermeisterin**

Schadensbegrenzung? Was hatte denn das rote Kreuz damit zu tun?

**Frau Weber**

Als die nun vom Tanzen trunkenen Engel schließlich völlig desorientiert über den Bühnenrand stürzten und die Hirtenbuben gleich mitrissen, versorgte das rote Kreuz die Wunden der Hingefallenen. Schließlich sammelten die Kollegen vom Brand- und Zivilschutz die verbundenen und bepflasterten Engel und Hirten ein und fuhren sie mit den Schubkarren der Handwerkerzunft auf den Busparkplatz, wo man sie in den Bus schaffte.

**Oberbürgermeisterin**
Ach du lieber Gott, da sind wir ja richtig blamiert worden. Wenn das die Presse mitgekriegt hat.

**Frau Weber**
Hat sie. Die Schlagzeile sollte lauten: Die Landeshauptstadt vor dem Absturz. Saarbrücker Beamte im Delirium.

**Oberbürgermeisterin**
Ist die Zeitung schon erschienen?

**Frau Weber**
Nein, Aber ich musste versprechen, dass die Sankt Wendeler Presse das Exklusivrecht an der Berichterstattung des Altsaarbrücker Christkindlmarktes bekommt. Außerdem wollten diese Nutznießer auch noch mit dem Nikolaus im Rentierschlitten über den Sankt Johanner Markt mitfliegen.

**Oberbürgermeisterin**
Aber Weberin, das in Zeiten von Corona. Wie soll man denn im Schlitten Abstand halten?

**Frau Weber**
Vielleicht lässt der richtige Nikolaus die Winde los und schaukelt alles solange hin und her, bis die Presseleute herauspurzeln.

**Oberbürgermeisterin**
Aber Weberin, so etwas wünscht man selbst seinen Feinden nicht, schon gar nicht an Weihnachten. Das bringt Unglück!

**Frau Weber**
Wieso denn? Für abgestürzte Engel und kleine Sünderlein hatte der Himmel noch immer Verständnis.

# Tornado im Advent

Die Stadt Saarbrücker hatte am Vortag an einer Grundschule zu einer Adventsfeier eingeladen. Zum ersten Mal konnten auch Eltern nichtchristlicher Schülerinnen und Schüler teilnehmen. Die Oberbürgermeisterin will sich bei ihrer Pressesprecherin über die multikulturelle Veranstaltung informieren.

**Rollen:**
Frau Oberbürgermeisterin
Frau Weber, Pressesprecherin

**Bühnenbild:**
Büro der Oberbürgermeisterin, Tisch, 2 Stühle, Telefon

**Requisiten:**
2 Stühle, Tisch mit Akten, Telefon

**Kostüme:**
Frau Oberbürgermeisterin: Kostüm
Frau Weber: Bürokleidung

**Dauer:**
6-8 Minuten

*Frau Oberbürgermeisterin sitzt am Schreibtisch und wählt.*

**Oberbürgermeisterin**
Die Weberin soll reinkommen.

**Frau Webe**
Guten Morgen Frau Oberbürgermeisterin.

**Oberbürgermeisterin**
Guten Morgen Weberin. Hat gestern alles gut geklappt?"

**Frau Weber**
Die Klappstühle haben ausgereicht

**Oberbürgermeisterin**
Was denn für Klappstühle?

**Frau Weber**
Die Zusatzstühle für die Eltern.

**Oberbürgermeisterin**
Zusatzstühle? Gibt es nicht genügend Stühle in der Grundschule?

**Frau Weber**
Seit der Coronapandemie mussten die Schüler einzeln sitzen bleiben. Nicht dass dies ein Problem gewesen wäre.

**Oberbürgermeisterin**
Wir haben Probleme mit dem Sitzenbleiben? In der Grundschule bleibt niemand sitzen.

**Frau Weber**
Genau, wiederholt wird heute nur noch der Unterricht und zwar solange, bis der letzte Inklusionskandidat mitgekommen ist.

**Oberbürgermeisterin**
Weberin, was reden sie denn da. Die Inklusion ist der letzte Fortschritt der Pädagogik, sozusagen der letzte Schrei. Oder sollen wir etwa der Zeit hinterherhinken?

**Frau Weber**
Solange wir die Klappstühle des letzten Saarspektakels benutzen dürfen, ist es egal, wie viel Personal in einer Klasse sitzen bleibt.

**Oberbürgermeisterin**

Hat die Bescherung des Christkinds wenigstens geklappt?

**Frau Weber**

Leider ist da etwas auseinandergeklappt.

**Oberbürgermeisterin**

Wie, sind die Klappstühle etwa zusammengeklappt?

**Frau Weber**

Nein, die Klimaanlage hat für interkulturelle Verwicklungen gesorgt.

**Oberbürgermeisterin**

Interkulturelle Verwicklungen? Was soll sich denn da verwickelt haben?

**Frau Weber**

Der Kinderchor sang und die Gedichte wurden vorgetragen. Bis dahin entwickelte sich alles gut. Dann musste eine Klimapause eingelegt werden.

**Oberbürgermeisterin**

Klimapause? Wieso das denn?

**Frau Weber**

Sie wissen doch, dass es Vorschrift in Coronazeiten ist, alle dreißig Minuten zu lüften oder die Klimaanlage einzuschalten.

**Oberbürgermeisterin**

Ja und? Bisher gab es noch keine Beschwerden.

**Frau Weber**

In dieser Grundschule hatten wir aber dank der Fördergelder eine ganz neue Klimaanlage einbauen lassen. Sie hat Ventilatoren und Absauger.

**Oberbürgermeisterin**

Da sehen sie mal, wie fortschrittlich die Landeshauptstadt ist.

**Frau Weber**

Als das Christkind hereinkam, breitete es die Flügel aus und sprach: Fürchtet euch nicht. Ich bringe die Frohe Botschaft. Das Christkind ist geboren worden.

**Oberbürgermeisterin**

War das nicht der falsche Text? Hat das nicht der Engel des Herrn gesagt.

**Frau Weber**

Die Inszenierung entspricht der Inklusion. Immer wieder von vorne beginnen mit der Besinnung.

**Oberbürgermeisterin**

Ich hoffe, das war besonnen genug.

**Frau Weber**

Als die Ventilatoren ihre Arbeit aufnahmen, wurden die besinnlichen Minuten unterbrochen.

**Oberbürgermeisterin**

Was war denn daran so schlimm? Die Bürger sollten uns dafür danken, dass wir die Ausstattung verbessert haben.

**Frau Weber**

Wie ein Tornado sog die Klimaanlage alles ein, was nicht niet- und nagelfest war. Der Luftzug war so stark, dass das Christkind sein goldenes Haar verlor. Die Perücke flog wie ein goldener Blitz durchs Klassenzimmer.

**Oberbürgermeisterin**

Ach du lieber Himmel. Weberin, wenn es nicht so tragisch wär, könnte man laut lachen. Konnte die Haarpracht wenigstens wieder eingefangen werden?

**Frau Weber**

Sind sie schon einmal in einer Windhose gegen den Strom geflogen?

**Oberbürgermeisterin**

Weberin, bin ich ein Vogel? Ich fliege nicht.

**Frau Weber**

Sollten sie mal fliegen, wäre eh alles zu spät.

**Oberbürgermeisterin**

Was haben sie gesagt, liebe Frau Weber?

**Frau Weber** *(übergeht die Rüge)*
Ja, das alles wäre ja noch nicht so schlimm gewesen

**Oberbürgermeisterin**
Was, nicht so schlimm gewesen? Ist noch etwas daneben gegangen?

**Frau Weber**
Die muslimischen Mütter gerieten leider ebenfalls in den Sog und verloren die Kopftücher. Die entblößten Frauen gerieten außer sich vor Zorn. Es entstand ein Gerangel unter den Müttern. Derweil schnurrten die Klappstühle durch das Aufstehen krachend zusammen und fielen um. Ein lautes Gekreische und Gepolter herrschte anstatt stille Nacht.

**Oberbürgermeisterin**
Das kann doch nicht wahr sein. Weberin, wie konnte das passieren?

**Frau Weber**
Der Hausmeister wurde erst vor kurzem eingebürgert. Er hat die Anleitung leider völlig falsch verstanden. Statt Belüftung hat er Luftaustausch eingestellt.

**Oberbürgermeisterin**
Versteht der kein Deutsch? Hat er den Einbürgerungstest nicht gemacht.

**Frau Weber**
Beim Deutschtest ist er aber durchgefallen. Da niemand mehr sitzenbleiben darf und niemand sich der Inklusion verweigern wollte, haben die Beamten zwei Augen zugedrückt.

**Oberbürgermeisterin** *(belehrt)*
Weberin, das gilt doch nicht für Erwachsene, da geht es um Integration, hören Sie, Integration. Inklusion gibt es nur in der Schule!

**Frau Weber**
Es handelte sich dabei um Integration, um eine exklusive sogar.

**Oberbürgermeisterin** *(poltert)*
Sagen sie mal, sind denn alle verrückt geworden? Was ist daran exklusiv, den Deutschtest nicht zu bestehen?

**Frau Weber**

Das Alleinstellungsmerkmal der Verwaltung. Durch die Erteilung der deutschen Staatsbürgerschaft hat die Verwaltung einen exklusiven Verwaltungsakt vollzogen. Keine andere Behörde würde sich trauen, Integration derart umsichtig zu praktizieren.

**Oberbürgermeisterin**

Weberin, wer um alles in der Welt soll das denn verstehen?

**Frau Weber**

Gnade vor Recht ergehen zu lassen ist christliche Nächstenliebe in Ausübung eines Verwaltungsaktes.

**Oberbürgermeisterin**

Schön und gut. Wie ist denn die Adventsfeier ausgegangen? Haben die Mütter sich wieder beruhigt?

**Frau Weber**

Nachdem alle kopflos waren, hat der Hausmeister Masken in dreifacher Ausfertigung zur Bedeckung der Blöße verteilt.

**Oberbürgermeisterin** *(mahnt)*

Wieso in dreifacher Ausfertigung. Da haben wir ja das Budget überzogen.

**Frau Weber**

Nicht ganz. Ich habe die Masken als vorgezogenes Weihnachtsgeschenk deklariert, sozusagen als Werbegeschenk der Landeshauptstadt.

**Oberbürgermeisterin**

Die Masken werden uns aber bei der nächsten Coronawelle fehlen.

**Frau Weber**

Steht nicht geschrieben, eher geht ein Kamel durch ein Nadelöhr als ein Reicher in das Reich Gottes?

**Oberbürgermeisterin**

Weberin, wer hier das Kamel ist, wird sich noch herausstellen. Die Landeshauptstadt ist arm wie eine Kirchenmaus.

**Frau Weber**
Eben. Und mit Speck fängt man Mäuse.

**Oberbürgermeisterin**
Welche Mäuse haben sie denn damit gefangen?

**Frau Weber**
Na die Presse. Die haben wegen der Turbulenzen in der Grundschule angefragt, ob die Integration misslungen sei.

**Oberbürgermeisterin**
Das ist nicht zu glauben. Aus jeder Mücke machen die einen Elefanten.

**Frau Weber**
In dieser Hinsicht kann ich sie beruhigen. In unserer Pressemitteilung steht, dass die Adventsfeier mit einer multikulturellen Katastrophenübung verknüpft war. Die Landeshauptstadt habe kostenlose Masken verteilt, damit alle Familien sich zu Weihnachten schützen können.

**Oberbürgermeisterin**
Das hat ausgereicht, um negative Schlagzeilen zu verhindern?

**Frau Weber**
Nicht ganz. Ich musste versprechen, dass die nächste Adventsfeier als Friedensfeier deklariert und das Christkind eine Kopfbedeckung tragen wird.

**Oberbürgermeisterin** *(empört)*
Weberin, das müssen sie wieder zurücknehmen, sonst gibt es einen Volksaufstand.

**Frau Weber**
Die Mutter Gottes trug doch auch einen Schleier. Oder kennen sie eine Abbildung, auf der Maria offene Haare trägt?

**Oberbürgermeisterin**
Das ist zweitausend Jahre her. Seit dieser Zeit hat sich die Mode verändert.

**Frau Weber**
Aber steht nicht geschrieben: Selig sind, die Frieden stiften; denn sie werden Gottes Kinder heißen.

# Werkverzeichnis

Vermisstenanzeige. Gewidmet den ermordeten Juden des Naziregimes. Lyrik und Prosa. Vera Hewener. Libri BoD. Norderstedt 2000. ISBN 3-8311-0748-3. 2. erw. Auflage 2014. ISBN 978-3831107483.

Lichtflut. Reisenotizen. Lyrik und Prosa. Vera Hewener. Edition Calamus. Norderstedt 2001. ISBN 3-8311-1493-5. 2. erw. Auflage 2014. ISBN 987-3831114931.

Eine Neigung aus Blau. Gegenwartslyrik. Vera Hewener. Norderstedt 2002. ISBN 3.8311-3334-4. 2. Auflage 2014. ISBN 9783831133345

Bist Himmel mir und tausend Feuerfunken. Gedichte. Vera Hewener. Mauer Verlag. Rottenburg a/N. 2003. ISBN 3-937008-46-2.

Verwirbelungen der Zeit. Vera Hewener. Lyrik mit Bildern von Carolin Isele. WiKu Éditions Paris E.U.R.L. Paris und WiKu Verlag KG Berlin 2005. ISBN 3-86553-203-9.

Es kommen andere Ewigkeiten. Gedichte. Vera Hewener. WiKu Édition Paris ISBN 2-84976-0188 WiKu Verlag 2007. ISBN 978-3-86553-189-6.

Himmelsstürme. Vera Hewener. Gedichte mit Fotografien. edition Wort Verlag Bitburg 2010. ISBN 978-3-936554-00-3.

Das Jahr: Dichtung in vier Sätzen. Vera Hewener. Gedichte mit Fotografien. BoD Books on Demand Norderstedt 2013. ISBN 978-3-7322-3168-3.

Zaubervolle Winterwelt. Gedichte, Geschichten, Notizen. Vera Hewener. Verlag BoD Books on Demand. Norderstedt 2014. ISBN 9783735761262.

Frühlingsserenade. Die schönsten Gedichte, Geschichten und Notizen zur Frühlingszeit. Vera Hewener. Verlag BoD Books on Demand. Norderstedt 2015. ISBN 978-37347-3140-2.

Die Blüte des Sommers. Sommeranthologie. Die schönsten Gedichte, Geschichten und Kalendernotizen. Vera Hewener. Verlag BoD Books on Demand. Norderstedt 2015. ISBN 978-3-7347-89540.

In der Saar schwimmen keine Krokodile. Gegenwartslyrik & Texte. Vera Hewener. Verlag BoD Books on Demand. Norderstedt 2015. ISBN 9783738635676

Von Lorraine nach Aquitaine. Reisenotizen in Lyrik und Prosa. Reiseliteratur Band 1. Vera Hewener. Verlag BoD Books on Demand. Norderstedt 2016. ISBN 9783741210860.

Du trocknest meine Tränen wieder. Religiöse Lyrik & Texte. Vera Hewener. Verlag BoD Books on Demand. Norderstedt 2016. ISBN 9783743113589.

Zaubervolle Jahreszeiten. Der Frühling. Vera Hewener. Verlag BoD Books on Demand. Norderstedt 2017. ISBN 9783743125117.

Aus meinem Federkiel. Magische Momente. Natur & Seele. Gedichte. Vera Hewener. Verlag BoD Books on Demand. Norderstedt 2017. ISBN 9783744870511.

Zaubervolle Jahreszeiten. Der Sommer. Vera Hewener. Verlag BoD Books on Demand. Norderstedt 2017. ISBN 9783744870993.

„Kerzen, Wunder, Himmels-Zunder". Vera Hewener. Lustige und besinnliche Geschichten und Gedichte zur Advents- und Weihnachtszeit. Verlag BOD Books on Demand. Norderstedt 2017. ISBN 9783744893824. 2. Ausgabe 2019. ISBN 9783738629682.

Die Jahreszeiten: Auslese. Gedichte. Vera Hewener. Verlag BOD Books on Demand. Norderstedt 2018. ISBN 9783738636017.

Werkausgabe Band I. Frühe Gedichte 1970-1999. Verlag BOD Books on Demand. Norderstedt 2018. ISBN-13: 9783746025292.

Kinder, Hund, Familienbund. Lustiges, Tierisches und Allzumenschliches in Lyrik und Prosa. Vera Hewener. Verlag BOD Books on Demand. Norderstedt 2018. ISBN 9783746056821.

Zaubervolle Jahreszeiten. Der Herbst. Vera Hewener. Verlag BoD Books on Demand. Norderstedt 2018. ISBN 9783752842135.

Christnacht, Glocken, Engelslocken. Gedichte und Geschichten zur Weihnacht. Vera Hewener. Verlag BoD Books on Demand. Norderstedt 2018. ISBN 9783748107637. 2. Ausgabe 2019. ISBN 9783741251641.

In der Saar feiern die Fische. Gegenwartslyrik & Szenen. Vera Hewener. Verlag BoD Books on Demand. Norderstedt 2019. ISBN 9783732237142. 2. Aufl. 2020. ISBN 9783752810080.

Von Brandasund bis Nasholim. Reisegedichte, lyrische Ausflüge, Geschichten und Notizen. Reiseliteratur Band 2. Vera Hewener. Verlag BoD Books on Demand. Norderstedt 2019. ISBN 9783732235841.

Tannen, Lobgesang, Weihnachtsklang. Gedichte, Geschichten, Liedtexte und Bühnenstücke zur Advents- und Weihnachtszeit. Vera Hewener. Verlag BoD Books on Demand. Norderstedt 2019. ISBN 9783750400030.

In der Saar tanzen die Schwäne. Gedichte, Geschichten & Szenen. Vera Hewener. Verlag BoD Books on Demand. Norderstedt 2020. ISBN 9783751921060.

Zaubervolle Weihnachtswelt. Geschichten, Gedichte, Stücke & Notizen zur Advents- und Weihnachtszeit. Vera Hewener. Verlag BoD Books on Demand. Norderstedt 2020. ISBN 9783752606409.

Weihnachtsklang, Lobgesang. Deutsche Gedichte und Nachdichtungen internationaler Weihnachtslieder, Gospels, Spirituals und deutsche Weihnachtslieder in moselfränkischer Mundart. Vera Hewener. Verlag BoD Books on Demand. Norderstedt 2020. ISBN 9783752606393.

Sodom und Camorra. Kurze Bühnenstücke für viele Gelegenheiten. Vera Hewener. Verlag BoD Books on Demand. Norderstedt 2020. ISBN 9783752606386.

Oh Frühling, komm! Natur, Stadt & Land. Die schönsten Frühlingsgedichte. Vera Hewener. Verlag BoD Books on Demand. Norderstedt 2021. ISBN 9783753439594.

Oh Sommer, leuchte. Natur, Stadt & Land. Die schönsten Sommergedichte. Vera Hewener. Verlag BoD Books on Demand. Norderstedt 2021. ISBN 9783753421414.

Oh Herbst, wandle!. Natur, Stadt & Land. Die schönsten Herbstgedichte. Vera Hewener. Verlag BoD Books on Demand. Norderstedt 2021. ISBN 9783754320655.

Oh Winter, schneie! Natur, Stadt & Land. Die schönsten Wintergedichte. Vera Hewener. Verlag BoD Books on Demand. Norderstedt 2021. ISBN 9783754347034.

Das kleine Tännlein. Die schönsten Weihnachtgeschichten. Vera Hewener. Verlag BoD Books on Demand. Norderstedt 2021. ISBN 9783755701705.

Denn die Zeit ist des Ewigen Aufgang. Zeitgedichte von der Morgenröte bis zur Abendstunde. Vera Hewener. Verlag BoD Books on Demand. Norderstedt 2022. ISBN 9783755738756.

Denn die Nacht ist der Spiegel der Sterne. Abend- und Nachtgedichte. Vera Hewener. Verlag BoD Books on Demand. Norderstedt 2022. ISBN 9783755730125.

Verrückte Tierliebe. Tiergedichte für alle Generationen. Vera Hewener. Verlag BoD Books on Demand. Norderstedt 2022. ISBN 9783754359860.

Wellen, Wogen, Himmelsbogen. Gedichte und Geschichten über Meere, Ströme und Gewässer. Vera Hewener. Verlag BoD Books on Demand. Norderstedt 2022. ISBN 9783755734468.

Äpfel, Nuss und Mandelkuss. Weihnachtsgeschichten. Vera Hewener. Verlag BoD Books on Demand. Norderstedt 2022. ISBN 9783756223770.

Das Licht der Weihnacht. Die schönsten Weihnachtsgedichte. Vera Hewener. Verlag BoD Books on Demand. Norderstedt 2022. ISBN 9783756844197.

In Paris ist die Zeit verschwunden. Gedichte. Vera Hewener. Verlag BoD Books on Demand. Norderstedt 2023. ISBN 9783734714283.

Oh Rose, Zauberblume, Rosengedichte und Geschichten. Vera Hewener. Verlag BoD Books on Demand. Norderstedt 2023. ISBN 9783738612936.

Vom Salzburger Land bis Südtirol. Reisenotizen in Lyrik und Prosa. Reiseliteratur Band 3. Vera Hewener. Verlag BoD Books on Demand. Norderstedt 2023. ISBN 9783744818124.